L E T R A S   D O   M U N D O

Este livro contém um CD que não pode ser vendido separadamente.

LAURA ESQUIVEL

A LEI DO AMOR

TRADUZIDO DO ESPANHOL (MÉXICO) POR
CRISTINA RODRIGUEZ
E ARTUR GUERRA

ILUSTRAÇÕES DE
MIGUELANXO PRADO

TÍTULO ORIGINAL
LA LEY DEL AMOR
© 1995, Laura Esquivel

© 1995, Miguelanxo Prado
para as ilustrações

DIRECÇÃO GRÁFICA DA COLECÇÃO
JOÃO MACHADO
ILUSTRAÇÃO DA SOBRECAPA
MONTSERRAT PECANINS

Este livro foi composto em caracteres Garamond por
Maria da Graça Manta, Lisboa,
e impresso e acabado na
Divisão Gráfica das Edições ASA,
Rua D. Afonso Henriques, 742 - 4435 Rio Tinto.

1ª edição: Novembro de 1996
6ª edição: Setembro de 1998

Depósito legal nº 126039/98
ISBN 972-41-1784-7
Reservados todos os direitos

EDIÇÕES **ASA** S.A.

SEDE

R. Mártires da Liberdade, 77
Apartado 4263 / 4004 PORTO CODEX
PORTUGAL

E-mail: edicoes.asa@mail.telepac.pt
Internet: www.asa.pt

DELEGAÇÃO EM LISBOA

Av. Dr Augusto de Castro, Lote 110
1900 LISBOA • PORTUGAL

Para Sandra

Para Javier

INSTRUÇÕES

Como já terá notado, este livro vem acompanhado de um disco compacto. Por isso, se você não tiver um aparelho para ouvir o seu compacto, espero que pelo menos tenha à mão uma boa vizinha ou vizinho, conforme o caso, para lhe pedir emprestado o seu aparelho e assim poder fazer a utilização do livro.

Interrogar-se-á também por que raio tive eu esta ideia. Passo já a explicar as minhas razões.

Neste romance, a música faz parte importante da trama, porque estou convencida que, além de provocar estados alterados de consciência, a música tem o poder de nos agitar a alma, favorecendo assim a lembrança. Portanto, a música leva as minhas personagens a reviver partes importantes das suas vidas passadas. Desde que idealizei o romance que quis que os meus leitores vissem e ouvissem o mesmo que os meus protagonistas. A forma que encontrei para o conseguir foi através de imagens e sons específicos. No livro irá encontrar partes em que a narração é feita através de banda desenhada, sem diálogo. Nessas partes verá ao lado do texto um pequeno número que corresponde ao da pista do compacto que deve ser ouvido enquanto se contemplam as imagens.

INSTRUÇÕES PARA OUVIR
A MÚSICA CLÁSSICA

Não pode haver instruções para todos, pois sei muito bem que nem toda a gente está familiarizada com o mesmo tipo de música. Para começar, há três grandes categorias de público: os que gostam de ópera, os que nunca na vida ouviram ópera e os que simplesmente detestam a ópera. Em cada caso o processo varia como se explica a seguir:

Para os que gostam de ópera

Se está nesta categoria, de certeza que não só conhece muito bem a letra das árias e dos duetos como até os saberá de cor e os trauteia no duche de vez em quando. Pode ver sem problemas as imagens da banda desenhada ao mesmo tempo que ouve a música. No entanto, a única coisa que lhe peço é que se esqueça durante um momento da história a que estas árias pertencem originalmente. Por exemplo, se ouvir o dueto de amor de *Madame Butterfly* não o relacione com a última montagem que viu no Bellas Artes ou no Metropolitan de Nova Iorque, conforme o caso, nem pense se naquele momento Butterfly estava sentada no chão e com Pinkerton em cima dela, ou algo assim. Preste apenas atenção à música e relacione-a com as imagens da banda desenhada até ficar com pele de galinha.

Para os que nunca ouviram ópera

Se figura nesta categoria, é possível que nunca a tenha ouvido por pensar que esta música era exclusivamente para gente snobe, ou por nunca lhe ter resultado chamativa ou porque o incomodavam as vozes agudas ou porque em criança nunca o fizeram escutar este tipo de música, ou, simplesmente, porque não lhe tem apetecido mesmo fazê-lo. Está bem. Respeito-o. Mas garanto-lhe que, tal como me aconteceu a mim, depois de ouvi-la a primeira vez pode gostar dela. A questão está em atacá-la sem preconceitos. Esqueça-se daquele odiado vizinho que a ouvia com o volume no máximo aos domingos de manhã e lhe provocava pesadelos. A si sugiro-lhe especialmente que comece por ouvir uma ou duas vezes a ária ou o dueto antes de ver a banda desenhada; depois veja a banda desenhada acompanhando a letra da ária e lendo as legendas e, por último, repita a operação procurando que a música e a imagem sejam uma coisa só.

Para os que simplesmente detestam ópera

Que lhes poderei dizer? Sei que, para começar, irão resistir a ouvir o compacto. Porém, para vosso consolo, incluí alternadamente com a ópera vários *danzones* que, tenho a certeza, serão do vosso agrado. Se isto não for suficiente para os animar, porque não pensam que estão a participar numa experiência que nunca viram e que vão ouvir a música vendo as imagens apenas para ver o que é que se sente ou, se forem crentes, porque não oferecem o vosso sofrimento a Deus ou pelas criancinhas abandonadas? Ou, sei lá, de certeza que, com um pouco de imaginação, conseguirão encontrar boas razões para ouvir a ópera, mas ouçam-na, não sejam chatos, não sabem o que me custou convencer os meus editores a incluírem o compacto!

INSTRUÇÕES PARA OUVIR
A MÚSICA POPULAR

Quando estiverem a ler este livro, de repente vão encontrar a indicação a dizer INTERVALO PARA DANÇAR. O que fazer neste caso? Em princípio dançar, não é verdade? Mas como sei muito bem que nem todos sabem dançar, aqui vão algumas sugestões, pois o ideal é moverem o corpo ao ritmo da música. Se não o fizerem, o capítulo que se segue poderá até parecer-lhes pesado e adormecerem. Em compensação, se o lerem depois de se terem movimentado um bocado, o calor do vosso corpo e a energia gerada farão com que o vosso estado de espírito seja o melhor para encarar a leitura.

Da mesma forma que para a ópera, também aqui há três grandes categorias de leitores. Os que gostam de música popular, os que afirmam que não gostam de música popular e os que detestam música popular.

Os que gostam de música popular

Se gosta de música popular, não terá qualquer problema com estes intervalos musicais e de certeza que conseguirá dançar com muito entusiasmo, só ou acompanhado. A única coisa que sugiro em caso de dançar acompanhado é que não se distraia muito abandonando o livro para ir fazer marmelada com o seu companheiro de dança. Lembre-se que o intervalo é só uma passagem preparatória para poder continuar com a leitura, não estão num *congal*, e se estiverem, por que raio perdem o tempo com o meu romance na mão? É melhor divertirem-se como deve ser e guardarem o livro até chegarem a casa.

Os que afirmam que não gostam de música popular

Se se inclui nesta classificação, significa que é um dançarino «de armário» e que diz que não gosta de música popular para não aceitar a sua verdadeira origem. Nesse caso sugiro-lhe que ouça a música com os olhos fechados, que imagine que está realmente num espaço fechado e assim, protegido pela escuridão e pelo anonimato, livre de preconceitos, deixe-se levar pela música. Comece por acompanhar o ritmo com os pés, depois com os ombros e assim sucessivamente até agitar o último cabelo da sua cabeça.

Os que detestam a música popular

Se está no grupo dos que nunca ouviram música popular, o que é que quer que eu lhe diga? Para começar, que já está na hora de a ouvir. Não se pode gabar de ser um conhecedor de música culta quem não considerou que a música popular é a base de todas as formas musicais. Além de não saber o que perde, nada há mais sensual que o roçar da pele, a permuta de humores, os olhares trocados, a troca de mensagens eróticas por baixo da roupa. Anime-se a contaminar-se de suores, cheiros, movimentos de anca... de vida!

Mas se não gosta de música clássica nem da popular, para não termos mais problemas, dê uma boa charrada e imagine que está num concerto dos Rolling Stones, espero que funcione consigo.

> *Estoy embriagado, lloro, me aflijo,*
> *pienso, digo,*
> *en mi interior lo encuentro:*
> *si yo nunca muriera,*
> *si yo nunca desapareciera.*
> *Allá donde no hay muerte,*
> *allá donde ella es conquistada,*
> *que allá vaya yo.*
> *Si yo nunca muriera,*
> *si yo nunca desapareciera.*
>
> Ms. «Cantares Mexicanos», fol 17 v. Nezahualcóyotl
> *Trece Poetas del Mundo Azteca*, Miguel León-Portilla.
> México, 1984

Quando é que morrem os mortos? Quando nos esquecemos deles. Quando é que desaparece uma cidade? Quando já não existe na memória dos que nela moraram. Quando é que se deixa de amar? Quando começamos novamente a amar. Disso não há dúvida.

Foi esta a razão pela qual Hernán Cortés decidiu construir

uma nova cidade sobre as ruínas da antiga Tenochtitlan. O tempo que demorou a tomar a medida foi o mesmo que demora uma espada empunhada com firmeza a atravessar a pele do peito e chegar ao centro do coração: um segundo. Mas em tempo de combate, um segundo significa evitar uma espada ou ser alcançado por ela.

Durante a conquista do México só sobreviveram os que conseguiram reagir imediatamente, os que tiveram tanto medo da morte que puseram todos os seus reflexos, todos os seus instintos, todos os seus sentidos ao serviço do temor. O medo converteu-se no centro de comando dos seus actos. Instalado justamente atrás do umbigo, recebia antes que o cérebro todas as sensações sentidas através do olfacto, da visão, do tacto, da audição, do paladar. Aí eram processadas em milésimos de segundo e já eram enviadas ao cérebro com uma ordem específica de acção. Todo o acto não ia além do segundo imprescindível para sobreviver. Com a mesma rapidez com que os corpos dos conquistadores aprenderam a reagir, assim foram desenvolvendo os sentidos. Podiam pressentir um ataque pelas costas, cheirar o sangue antes que ele aparecesse, ouvir uma traição antes que alguém pronunciasse a primeira palavra e, sobretudo, podiam ver o futuro como a melhor pitonisa. Por isso, no dia em que Cortés viu um índio a tocar um búzio diante dos restos duma antiga pirâmide, soube que não podia deixar a cidade em ruínas. Teria sido como deixar um monumento à grandeza dos Astecas. Mais tarde ou mais cedo a saudade convidaria os índios a tentarem organizar-se para recuperar a sua cidade. Não havia tempo a perder. Tinha de apagar da memória dos Astecas a grande Tenochtitlan. Tinha que construir uma nova cidade antes que fosse demasiado tarde. Mas não contou com o facto de as pedras conterem uma verdade para além daquilo que a visão consegue captar. Possuem uma energia própria, que não se vê, só se sente. Uma energia que não pode ser encerrada numa casa ou numa igreja. Nenhum dos novos sentidos que Cortés adquirira estava suficientemente afinado para poder captá-la. Era uma energia demasiado subtil. A sua presença invisível dava-lhe total liberdade de acção e permitia-lhe circular silenciosamente no alto das pirâmides sem que ninguém se apercebesse. Alguns conheceram os seus efeitos, mas não souberam a que atribuí-los. O caso mais grave foi o de Rodrigo Díaz, valente capitão de Cortés. Ele nunca imaginou as tremendas consequências que teria o seu frequente contacto com as pedras das pirâmides que ele e os seus companheiros derrubavam. Mais, se alguém o tivesse avisado de que aquelas pedras tinham poder suficiente para lhe mudarem a vida, não teria acreditado nunca. As suas crenças nunca foram para além daquilo que as suas mãos conseguiam tocar. Quando lhe disseram que havia uma pirâmide em cima da qual os índios costumavam efectuar cerimónias pagãs a uma suposta deusa do amor, riu-se. Não acreditou por um momento sequer que pudesse existir essa deusa. Muito menos que a pirâmide servisse para alguma coisa. Todos concordaram com ele e decidiram que nem sequer valia a pena erguer uma igreja no seu lugar. Sem pensar muito, Cortés decidiu dar a Rodrigo o terreno onde ficava a referida pirâmide para que nele construísse a sua casa.

Rodrigo não cabia em si de feliz. Tornara-se merecedor daquele terreno graças aos seus triunfos no campo de batalha e à ferocidade com que cortara braços, narizes, orelhas e crânios. Pela sua própria mão tinham morrido aproximadamente duzentos índios e o prémio não se fizera esperar: mil metros de terra ao lado de um dos quatro canais que atravessavam a cidade, que com o tempo se converteria na calçada de Tacuba. A ambição de Rodrigo levara-o a sonhar em edificar a sua casa num terreno maior e, se possível, sobre os restos do templo mor, mas teve de se conformar com aquele humilde lote, pois no outro estavam a pensar em edificar a Catedral. Além disso, para o compensarem do facto de não estar dentro do círculo selecto de casas que os capitães construíram no centro da cidade e que testemunhariam o nascimento da Nueva España, deram-lhe em comenda cinquenta índios, entre os quais ia Citlali.

Citlali era um indígena descendente duma família de nobres de Tenochtitlan. Recebera desde menina uma educação privilegiada e, portanto, o seu andar, em vez de reflectir submissão, era orgulhoso, altivo, até desafiador. O garbo das suas largas ancas enchia o ambiente de sensualidade. O seu meneio espalhava ondas de ar por toda a parte. O deslocamento de energia era muito parecido com o das ondas geradas num lago calmo quando de repente cai uma pedra na superfície das suas águas.

Rodrigo pressentiu a chegada de Citlali a cem metros de distância. Por algum motivo sobrevivera à conquista; pela enorme capacidade que tinha de se aperceber de movimentos fora do normal. Suspendeu a sua actividade e procurou localizar o perigo. Do alto onde se encontrava dominava toda a acção à sua volta. Localizou imediatamente a coluna de índios a caminho do seu terreno. À frente de todos vinha Citlali. Rodrigo soube de imediato que o movimento que tanto o alterava provinha das suas ancas. E sentiu-se completamente desarmado. Não soube como enfrentar o desafio e caiu preso do conjuro daquelas ancas. Tudo isto se passava enquanto as suas mãos estavam concentradas a tirar a pedra que formava a cúspide da Pirâmide do Amor. Antes que o conseguisse, deu tempo a que a poderosa energia que emanava da pirâmide começasse a circular pelas suas veias. Foi uma descarga tremenda, foi um relâmpago ofuscante que o deslumbrou e fez com que ele visse Citlali já não como a simples índia que era, mas sim como a própria Deusa do amor.

Nunca desejara tanto alguém, muito menos uma índia. Não sabia explicar o que lhe estava a acontecer. Com ansiedade, acabou de tirar a pedra, sobretudo para dar tempo a que Citlali chegasse até ao pé dele. Assim que a teve perto, não conseguiu controlar-se, ordenou aos outros índios que procurassem para si um sítio nas traseiras do terreno e ali mesmo, no centro do que fora o templo, a violou.

Citlali, com o rosto impávido e os olhos muito abertos, contemplava a sua imagem reflectida nos verdes olhos de Rodrigo. Verdes, verdes, como a cor do mar que uma vez, quando era menina, ela tivera a oportunidade de ver. O mar sempre lhe metera medo. Sentia o enorme poder de destruição que estava latente em cada onda. Desde que soube que os esperados homens brancos viriam de mais além das imensas águas, viveu com medo. Se eles tinham o poder de dominar o mar, de certeza que era porque iam trazer no seu interior a mesma capacidade de destruição. E não se enganou. O mar viera para arrasar todo o seu mundo. Sentia o mar pulando com fúria no seu interior. Nem todo o peso do céu sobre os ombros de Rodrigo seria capaz de deter o movimento frenético do mar dentro dela. Tratava-se dum mar salgado que lhe provocava ardores dentro do corpo e cujo movimento agressivo lhe provocava enjoo e náusea. Rodrigo entrava no seu corpo tal como o fizera na sua vida: com luxo de violência. Tempos atrás, durante uma das batalhas que anteciparam a queda da grande Tenochtitlan, tinha chegado, no mesmo dia em que ela acabava de dar à luz o seu filho. Citlali, pela sua nobre linhagem, recebera as melhores atenções durante o parto apesar do duro combate que o seu povo travava com os Espanhóis. O seu filho vinha a este mundo por entre o som da derrota, o fumo e os gemidos da grande Tenochtitlan agonizante. A parteira que o recebeu, procurando compensar de alguma forma a inoportuna chegada, pediu aos Deuses que concedessem ao menino bem-aventurança. Talvez os Deuses tenham visto que o melhor destino daquela criança não estava neste mundo, pois no momento em que a parteira dava a Citlali o filho para que o abraçasse, esta abraçou-o pela primeira e última vez.

Rodrigo, que acabava de matar os guardas do palácio real, foi até ao lado dela, tirou-lhe o menino das mãos e atirou-o contra o chão. A ela pegou-lhe pelos cabelos, arrastou-a uns metros e enterrou-lhe a espada nas costelas. À parteira arrancou-lhe o braço com que tentava atacá-lo, e por último foi deitar fogo ao palácio. Que bom seria que uma pessoa pudesse decidir em que momento morrer. Citlali quereria que fosse naquele dia; no dia em que morreram o seu esposo, o seu filho, a sua casa, a sua cidade. Que bom seria que os seus olhos nunca tivessem visto a Grande Tenochtitlan vestir-se de desolação. Que bom seria que os seus ouvidos nunca tivessem ouvido o silêncio dos búzios. Que bom seria que a terra onde caminhava não lhe tivesse respondido com ecos de areia. Que bom seria que o ar não se tivesse enchido de cheiros azeitonados. Que bom seria que o seu corpo nunca tivesse sentido um corpo tão odiado no seu interior e que bom seria que Rodrigo, ao sair, tivesse levado o sabor do mar com ele.

Enquanto Rodrigo se levantava e ajeitava a roupa, Citlali pediu aos deuses força suficiente para viver até que Rodrigo se arrependesse de ter profanado a Deusa do amor e a ela. Não podia ter cometido uma afronta maior do que violá-la num lugar tão sagrado. Citlali supunha que a Deusa também deveria estar mais do que ofendida. A energia que sentira circular na sua espinha enquanto foi dominada pela investida selvagem de Rodrigo, nada tinha a ver com uma energia amorosa. Fora uma energia descontrolada, desconhecida para ela. Uma vez, quando ainda estava completa, Citlali participara numa cerimónia no alto daquela pirâmide com resultados completamente opostos. A diferença talvez estivesse no facto de agora a pirâmide estar cortada, e sem a cúspide a energia amorosa circulava louca e desorganizadamente. Pobre Deusa do Amor! De certeza que se sentia tão humilhada e profanada como ela e de certeza que não só a autorizava como esperava ansiosamente que ela, uma das suas devotas mais fervorosas, vingasse a afronta.

Pensou que a melhor forma de se vingar seria descarregar toda a sua raiva numa pessoa amada por Rodrigo. Por isso ficou tão contente no dia em que soube que uma mulher espanhola vinha a caminho para se juntar ao homem. Ela julgava que se Rodrigo pensava casar era porque estava enamorado. Não sabia que ele fazia aquilo apenas para cumprir um dos requisitos da comenda que especificava que o encomendeiro era obrigado a combater a idolatria, a iniciar a construção de um templo dentro das suas terras num prazo não superior a seis meses a partir da concessão da encomenda, a levantar e habitar uma residência o mais tardar dentro de dezoito meses e a transferir a sua esposa, ou a casar-se, no mesmo tempo. Portanto, assim que a construção ficou suficientemente avançada para poder morar na casa, Rodrigo mandou que trouxessem de Espanha D. Isabel de Góngora, para a fazer sua esposa. Imediatamente contraíram núpcias e puseram Citlali ao seu serviço como dama de companhia.

O encontro entre elas não foi nem agradável nem desagradável. Simplesmente não existiu.

Para que um encontro aconteça, duas pessoas têm de reunir-se num mesmo lugar e num mesmo espaço. E nenhuma das duas morava na mesma casa. Isabel continuava a viver em Espanha, Citlali em Tenochtitlan. Se não havia forma de se dar o encontro, muito menos a comunicação. Nenhuma das duas falava a mesma língua. Nenhuma das duas se reconhecia nos olhos da outra. Nenhuma das duas trazia as mesmas paisagens no olhar. Nenhuma das duas percebia as palavras que a outra pronunciava. E não era uma questão de entendimento. Era uma questão do coração. É aí que as palavras adquirem o seu verdadeiro significado. E o coração de ambas estava fechado.

Por exemplo, para Isabel, Tlatelolco era um lugar sujo e cheio de índios, onde tinha forçosamente de ir abastecer-se e onde dificilmente encontraria açafrão e azeite. Em compensação, para Citlali, Tlatelolco era o lugar que mais gostara de visitar quando era menina. Não só porque lá podia gozar de todo o tipo de cheiros, cores e sabores mas também porque podia saborear um espectáculo de rua surpreendente: um senhor, a quem todas as crianças chamavam Teo, mas cujo verdadeiro nome era Teocuicani (cantor divino), que costumava fazer dançar na palma da mão deuses de barro articulados. Os deuses falavam, lutavam e cantavam com voz de búzio, cascavel, pássaro, chuva ou trovão, emitida pelas prodigiosas cordas vocais deste homem. Não havia vez que Citlali ouvisse a palavra Tlatelolco que não lhe viessem à mente aquelas imagens, e não havia vez nenhuma que pronunciasse a palavra Espanha que uma cortina de indiferença não lhe cobrisse a alma. Precisamente ao contrário de Isabel, para quem a Espanha era o lugar mais belo do mundo e mais rico em significados. Era a verde erva onde se deitara uma infinidade de vezes a observar o céu, a brisa do mar que deslocava as nuvens até as lançar contra os altos cumes das montanhas. Era a brisa, o vinho, a música, os cavalos selvagens, o pão recém tirado do forno, os lençóis estendidos ao sol, a solidão da planície, o silêncio. E foi nessa solidão e nesse silêncio, que se tornava mais profundo pelo barulho das ondas e das cigarras, que Isabel imaginou milhares de vezes Rodrigo, o seu amor ideal. A Espanha era o sol, o calor, o amor. Para Citlali, a Espanha era o lugar onde Rodrigo aprendera a matar.

A enorme diferença de significados enraizava na enorme diferença de experiências. Isabel tivera de viver em Tenochtitlan para saber o que quer dizer *ahuehuetl*. Para saber o que se sentia quando se descansava à sua sombra depois de ter realizado uma cerimónia em sua honra. Citlali teria de ter nascido em Espanha para saber o que significa mordiscar lentamente uma azeitona, sentada à sombra duma oliveira enquanto observava os rebanhos a pastar na pradaria. Isabel teria de ter crescido com uma *tortilla* na mão para que não a incomodasse o seu «húmido» odor. Citlali teria de ter sido amamentada sob os aromas do pão acabado de sair do forno para encontrar gosto no seu sabor. E as duas teriam de ter nascido com menos arrogância para poderem pôr de lado tudo o que as separava e descobrir a enorme quantidade de coisas que tinham em comum.

As duas pisavam as mesmas lajes, eram aquecidas pelo mesmo sol, eram acordadas pelos mesmos pássaros, eram acariciadas pelas mesmas mãos, beijadas pela mesma boca e, no entanto, não encontravam o menor ponto de contacto, nem sequer em Rodrigo. Isabel via em Rodrigo o homem que sonhou na praia por entre os vapores que saíam da areia dourada, e Citlali via o assassino do seu filho, mas nenhuma das duas o via realmente. Mas que, também era verdade, Rodrigo não era fácil de perceber. Nele viviam duas pessoas ao mesmo tempo. Tinha uma só língua, mas deslizava para dentro das bocas de Citlali e de Isabel de forma muito diferente. Tinha uma só garganta, mas a sua voz podia ser uma carícia para uma e uma agressão para a outra. Tinha um só par de olhos verdes, mas o seu olhar era para uma um mar violento e agitado, e para a outra um mar quente, tranquilo e espumoso. O importante é que esse mar gerava a vida nos ventres de Isabel e Citlali, indistintamente. Só que, se Isabel esperava a chegada do seu filho com grande entusiasmo, Citlali fazia-o com horror. Todas as vezes que sabia que estava grávida, abortava. Não lhe agradava nada a ideia de trazer a este mundo uma criança metade índia e metade espanhola. Não acreditava poder hospedar pacificamente duas naturezas tão diferentes no seu interior. Era como condenar o seu filho a viver em combate constante. Era como pô-lo no meio duma encruzilhada permanente, e de forma alguma podia chamar-se a isso vida. Rodrigo sabia-o melhor do que ninguém. Ele tinha de compartilhar o seu corpo com dois Rodrigos muito diferentes. Cada um lutava para tomar o comando do coração, que se transformava radicalmente dependendo de quem fosse o ganhador. Perante Isabel, era uma brisa mansa, perante Citlali, uma arrebatada paixão, um fogo incendiário, um desejo obstinado, uma concupiscência calcinante que o levava a agir como um macho em cio. Andava sempre atrás dela, assediava-a, espreitava-a, encurralava-a, e cada dia a pressentia a maior distância. Se durante a conquista esta capacidade de percepção de movimentos no ar lhe servira para sobreviver, agora estava a matá-lo. Não conseguia dormir, não conseguia comer, não conseguia pensar noutra coisa senão em fundir-se no corpo de Citlali. Vivia só para detectar no ar o sensual fluir das suas ancas. Não havia movimento realizado por ela, por mínimo que fosse, que passasse despercebido a Rodrigo. Imediatamente o sentia e uma urgência abrasadora o incitava a integrar-se na fonte que o gerava, a desafogar-se entre aquelas pernas, a deitar-se ao lado de Citlali onde quer que fosse, a cavalgá-la dia e noite procurando encontrar alívio. Não havia dia que não fossem para a cama pelo menos cinco vezes. O seu corpo precisava duma pausa. Já não aguentava mais. Nem sequer de noite achava descanso. Assim que Citlali se virava na sua manta, o movimento das suas ancas gerava ondas que chegavam a Rodrigo com a força da maresia. Levantavam-no da cama e lançavam-no para junto dela com a velocidade de uma flecha certeira.

Rodrigo pensava que não havia melhor forma para mostrar a Citlali o seu amor. No entanto, Citlali nunca demonstrou aperceber-se disso. Sofria as açometidas de Rodrigo com grande estoicismo. Mas nunca reagiu a essa paixão. A sua alma foi sempre uma incógnita para ele. Só uma vez tentou comunicar com Rodrigo, tansmitir-lhe um desejo. Infelizmente, naquela ocasião ele nada pôde fazer para o satisfazer.

Foi numa tarde em que Citlali estava a regar os vasos das varandas e viu que uma comitiva trazia aos empurrões um louco a quem tinham cortado as mãos. O seu coração deu um salto quando descobriu que se tratava de Teo, o homem que fazia dançar deuses de barro nas suas mãos no mercado de Tlatelolco quando ela era menina. Havia enlouquecido durante a conquista e tinham-no descoberto a vagabundear, a cantar e a fazer dançar uns deuses de barro diante de um grupo de crianças. Traziam-no à presença do vice-rei, que estava a comer em casa de Rodrigo, para ele decidir o que fazer. Para começar, tinham-lhe cortado as mãos para que não voltasse a tentar desobedecer à ordem que fora ditada contra a posse de ídolos de barro. O seu uso era terminantemente proibido. Assim que o vice-rei ouviu o caso, decidiu que, além disso, lhe cortassem a língua, pois o louco dedicava-se a repetir em língua náhuatl palavras-de-ordem que incitavam à rebelião.

Citlali, com o olhar, pediu a Rodrigo que suplicasse clemência para Teo, mas Rodrigo estava entre a espada e a parede. O vice-rei visitava-o precisamente porque tinham chegado ao seu cabido notícias alarmantes segundo as quais ele estava a ser fraco com os seus encomendados. Os vizinhos tinham-no visto tratar Citlali com demasiada condescendência. O vice-rei ameaçara-o subtilmente com tirar-lhe os índios juntamente com as honras e os privilégios que ganhara durante a conquista. Não podia ir agora dar uma opinião a favor daquele homem, pois senão arriscava-se a que o acusassem de querer favorecer a idolatria entre a população, o que seria causa mais do que suficiente para lhe tirarem a concessão da comenda, e de modo algum ele queria correr o risco de perder Citlali. Por isso baixou os olhos e fingiu não ter visto a súplica nos olhos dela.

Citlali nunca lho perdoou. Nunca mais na vida voltou a dirigir-lhe a palavra e encerrou-se para sempre no seu mundo.

A casa ficou portanto habitada por seres que não interagiam uns com os outros. Por seres incapacitados de se verem, de se ouvirem, de se amarem. Por seres que se rejeitavam com a crença de pertencerem a culturas muito diferentes. Nunca souberam que a verdadeira razão era uma que ninguém via. Que a rejeição provinha do subsolo, do choque de energias entre os restos da Pirâmide do Amor e a casa que tinham construído em cima. Da rejeição total entre as pedras que formavam a pirâmide e as que formavam a casa. Do desgosto da pirâmide que não esperava senão o momento adequado para tirar de cima de si as pedras alheias e assim recuperar o seu equilíbrio. De igual forma reagiam os moradores da casa, com a diferença de que para Citlali recuperar o seu equilíbrio anterior não significava tirar uma pedras de cima de si, mas sim levar a cabo a sua vingança. Felizmente para ela, não teve de esperar muito tempo. Isabel deu à luz um belo menino loiro. Citlali não saiu do seu lado, e assim que a parteira recebeu o menino ela pegou nele ao colo para o levar a Rodrigo e, fingindo um tropeço, deixou-o cair. A criança partiu logo a cabeça. Com o corpo da criança, caíram ao chão as linhas da mão de Citlali. O seu destino já estava marcado na terra, no ar, nos gritos e lamentos de Isabel. Já não lhe pertencia. Rodrigo agarrou-a pelos cabelos e tirou-a do quarto aos empurrões, por entre a confusão que reinava naquele momento. Tirou-a antes que alguém tivesse tempo de reagir contra ela. Não podia permitir que a maltratassem mãos alheias. O único que a podia matar dignamente era ele. Citlali não tinha escapatória, ele sabia-o perfeitamente, e sabia também que aquele corpo tão percorrido, tão conhecido, tão beijado, tão desejado, merecia uma morte amorosa. Com grande dor, Rodrigo sacou dum punhal, e, tal como vira fazer a alguns sacerdotes durante os sacrifícios humanos, abriu o peito de Citlali, pegou no coração com as mãos e beijou-o várias vezes antes de finalmente o arrancar e lançar para longe. Foi tudo tão depressa que Citlali não sentiu o menor sofrimento. O seu rosto reflectia muita tranquilidade, a sua alma descansava finalmente em paz, pois conseguira concretizar a sua vingança. O que ela nunca soube foi que aquela vingança não consistiu em ter matado o loiro recém-nascido, mas sim o ter-se tornado merecedora da morte. Conseguiu com a sua morte o que desejara da primeira vez que vira Rodrigo: que uivasse de dor.

Isabel morreu quase ao mesmo tempo que Citlali, convencida que Rodrigo enlouquecera ao ver o filho morto e por isso matara tão brutalmente Citlali. Foi o que lhe contaram ao ouvido. Só lhe disseram isso. Não era altura para contarem à parturiente moribunda que o esposo, imediatamente depois de ter matado Citlali, se havia suicidado.

> *Es acaso nuestra mansión la tierra?*
> *No hago más que sufrir, porque sólo en angustias vivimos.*
> *He de sembrar otra vez, acaso,*
> *mi carne en mi padre y en mi madre?*
> *He de cuajar aún, cual mazorea?*
> *He de pulular de nuevo en fruto*
> *Lloro: nadie está aquí: nos han dejado huérfanos.*
> *Es verdad que aún se vive*
> *en la región donde todos se reúnen?*
> *Lo creen acaso nuestros corazones?*
>
> M. «Cantares Mexicanos», fol 13 v.
> *Trece poetas del mundo azteca*
> Miguel León-Portilla

Las pirámides de Parangaricutirimícuaro
Están parangaricutirimizadas
El que las desparangaricutirimise
Será un gran desparangaricutirimizador.

Ser Anjo-da-Guarda não é nada fácil. Mas ser Anacreonte, o Anjo-da-Guarda de Azucena, realmente é muito difícil. Azucena não percebe de razões. Está habituada a fazer a sua santa vontade. Quero deixar bem claro que esta «santa» vontade nada tem a ver com a divindade. Ela não reconhece a existência de uma vontade superior à sua, por conseguinte, nunca se submeteu a nenhuma ordem que não fosse a que é ditada pelos seus desejos. Concedendo-nos uma licença poética, diríamos que se está totalmente nas tintas para a vontade divina, e continuando com a licença poética diríamos que, porque lhe deu na real gana, ela decidiu que já era justo e necessário conhecer a sua alma gémea, que já estava farta de sofrer e que não estava disposta a esperar nem mais uma vida para se encontrar com ela. Com grande obstinação, realizou todos os trâmites burocráticos que tinha de efectuar e convenceu todos os burocratas que encontrou no seu caminho de que tinham de a deixar entrar em contacto com Rodrigo.

Eu não a critico; acho até muito bem. Ela soube ouvir a sua voz interior correctamente e, à força de vontade, venceu todos os obstáculos. O que se passa é que ela está convencida que triunfou pela sua real gana, e está enganada: se tudo saiu bem foi porque a sua voz interior estava em completa sintonia com a vontade divina, com a ordem cósmica onde todos temos um lugar, o lugar que nos corresponde. Quando o encontramos, tudo se harmoniza. Entramos no rio da vida. Deslizamos fluidamente nas suas águas, a não ser que encontremos um obstáculo. Quando uma pedra está fora de sítio, impede a passagem da corrente e a água estagna, empesta, apodrece.

É muito fácil detectar a desordem no mundo real e tangível. O difícil é encontrar a ordem das coisas que não se vêem. Poucos o conseguem. Entre eles, os artistas são os «arrumadores» por excelência. Com a sua especial percepção decidem qual é o lugar que deve ocupar o amarelo, o azul ou o vermelho numa tela; que lugar devem ocupar as notas e que lugar os silêncios; qual deve ser a primeira palavra dum poema. Vão criando quebra-cabeças unicamente guiados pela sua voz interior que lhes diz «Isto fica aqui» ou «Isto não fica aqui», até porem a última peça no seu lugar.

Se dentro de cada obra artística houver uma ordem pré-determinada para as cores, os sons ou as palavras, quer dizer que essa obra cumpre um objectivo que está para além da simples satisfação do autor. Significa que desde antes de ser criada já tinha atribuído um lugar específico. Onde? Na alma humana.

Portanto, quando um poeta arruma palavras num poema de acordo com a vontade divina, está a arrumar alguma coisa no interior de todos os seres humanos, pois a sua obra está em sintonia com a ordem cósmica. Como resultado, a sua obra circulará sem obstáculos pelas veias de toda a gente, criando um vínculo colectivo poderosíssimo.

Se os artistas são os «arrumadores» por excelência, também existem os «desarrumadores» por excelência. São os que julgam que a sua vontade é a única que vale. Os que, além disso, têm o poder suficiente para a fazerem valer. Os que julgam ter a potestade para decidirem sobre as vidas humanas. Os que põem a mentira em vez da verdade, a morte em vez da vida, o ódio em vez do amor dentro do coração, obstaculizando por completo o fluxo do rio da vida. Definitivamente, o coração não é o lugar adequado para o ódio. Qual é o seu lugar? Não sei. Esta é uma das incógnitas do Universo. Até parece que os Deuses gostam da confusão, pois ao não terem criado um lugar específico para lá porem o ódio, provocaram o caos eterno. O ódio procura forçosamente um lugar, introduzindo-se onde não deve, ocupando um lugar que não lhe pertence, expulsando inevitavelmente o amor.

E a natureza que, ao contrário dos Deuses, é muito ordenada, quase neurótica, poder-se-ia dizer, sente a necessidade de entrar em acção para manter o equilíbrio e pôr as coisas onde devem estar. Não pode permitir que o ódio se instale dentro do coração, pois esta energia impediria a circulação da energia amorosa dentro do corpo humano, com o grave perigo de, tal como a água estagnada, a alma empestar e apodrecer. Tentará tirá-lo, pois, seja como for. É muito simples fazê-lo quando o ódio se aninhou no nosso coração por engano ou descuido. Na maioria das vezes basta pormo-nos em contacto com obras artísticas produzidas pelos «arrumadores». Ao fazê-lo, a alma separa-se do corpo. Deixa-se elevar às alturas pela subtil energia das cores, dos sons, das formas ou das palavras. A energia do ódio é tão pesada, literalmente falando, que não percebe destas subtilezas e é-lhe impossível elevar-se juntamente com a alma. Fica dentro do corpo, mas como já não «se encontra», não encontra lugar onde se sinta bem, e decide ir em busca de um lugar mais acolhedor. Quando a alma regressa ao seu corpo, já existe um sítio dentro do coração para o amor ocupar o seu lugar. Assim tão simples.

O problema existe quando o ódio foi posto no nosso coração pela acção directa de um «desarrumador». Quando nos vemos afectados pelo furto, pela tortura, pela mentira, pela traição, pelo assassínio. Nesses casos, o único que pode tirar o ódio é o próprio agressor. Assim o indica a Lei do Amor. A pessoa que provoca um desequilíbrio na ordem cósmica é a única que pode restaurá-la. Na maioria das vezes não é suficiente uma vida para se conseguir isso. Por isso, a natureza permite a reencarnação, para dar oportunidade aos «desarrumadores» de arranjarem as suas confusõezinhas. Quando há ódio entre duas pessoas, a vida reuni-las-á tantas vezes quantas forem necessárias até este desaparecer. Nascerão uma vez e outra perto um do outro, até aprenderem a amar-se. E virá um dia, depois de catorze mil vidas, em que terão aprendido o suficiente sobre a Lei do Amor para que lhes seja permitido conhecer a sua alma gémea. Esta é a melhor recompensa que um ser humano pode esperar da vida. E podem ter a certeza que caberá a todos, mas a seu devido tempo. É isto que a minha querida Azucena não percebe. O momento de conhecer Rodrigo já lhe tinha chegado, mas não o de viver a seu lado, pois, antes, ela tem de adquirir maior domínio sobre as suas emoções, e ele liquidar dívidas pendentes. Antes deve pôr algumas coisas no seu lugar, se pretende unir-se para sempre a ela, e Azucena vai ter de o ajudar. Esperamos que tudo corra bem para benefício de encarnados e desencarnados. Mas eu sei que vai ser muitíssimo difícil. Para triunfar na sua missão, Azucena precisa de muita ajuda.

Eu, como seu Anjo-da-Guarda que sou, tenho a obrigação de socorrê-la. Ela, como minha protegida, tem de se abandonar e seguir as minhas instruções. E aí é que está o busílis. Não faz caso nenhum de mim. Estou há cinco minutos a dizer-lhe que tem de desactivar o campo áurico de protecção de sua casa para Rodrigo poder entrar e até parece que estou a falar para a parede. Está tão emocionada com a ideia de o conhecer que não tem ouvidos para as minhas sugestões. Vamos lá ver se o pobre noivo não fica muito estragado ao pretender atravessar a porta. Qual quê? Ainda bem que por mim não foi. Sussurrei-lhe milhares de vezes o que ela tem de fazer. E nada! O que mais preocupa é que, se não é capaz de ouvir nem de executar esta ordem tão simples, o que será quando realmente depender da minha cooperação para salvar a sua vida! Enfim, seja o que Deus quiser!

Enquanto o alarme do seu apartamento não começou a tocar, Azucena não compreendeu o que Anacreonte havia estado a tentar dizer-lhe. Tinha-se esquecido completamente de apagá-lo! Isso sim era grave! A aura de Rodrigo não estava registada no sistema electromagnético de protecção de sua casa, portanto, se não desactivasse o alarme imediatamente, o aparelho detectaria Rodrigo como um corpo estranho e como resultado disso impediria que as células do seu corpo se integrassem correctamente dentro da cabina aerofónica. Tanto tempo à espera para vir com esta estupidez! Não podia ser! Rodrigo, no melhor dos casos, corria o perigo de ficar desintegrado no espaço por um período de vinte e quatro horas. Tinha de agir rapidamente e só contava com dez segundos para o fazer! Felizmente, a força do amor é invencível e aquilo que o corpo humano é capaz de executar em casos de emergência é realmente notável. Azucena num instante atravessou a sala, desligou o alarme, regressou antes que a porta do aerofone se abrisse, e ainda teve tempo de arranjar o cabelo e pôr o seu melhor sorriso para com ele receber Rodrigo.

Sorriso que Rodrigo nunca viu, pois assim que pôs os olhos nos dela iniciou-se o mais maravilhoso dos encontros: o de duas almas gémeas, aquele em que as questões do corpo físico passam a ocupar um nível inferior. O calor dos olhos dos enamorados derrete a barreira que a carne impõe e deixa-os passar plenamente para a contemplação da alma. Alma que, ao ser idêntica, reconhece a energia do companheiro como sua própria. O reconhecimento começa nos centros receptores de energia do corpo humano: os chacras. Existem sete chacras. A cada um corresponde um som na escala musical e uma cor do arco-íris. Quando são activados pela energia proveniente da alma gémea, vibram com todo o seu potencial e produzem um som. Obviamente, no caso das almas gémeas, cada chacra soa e faz, ao mesmo tempo, soar o chacra do seu companheiro. Estes dois sons idênticos, harmonizados, geram uma subtil energia que circula pela espinha dorsal, sobe até ao centro do cérebro e daí é lançada para cima, donde imediatamente depois cai convertida numa cortina de cor que banha a aura de cima a baixo.

Durante o emparceiramento de almas, Azucena e Rodrigo repetiram este mecanismo com cada um dos seus chacras até que chegou o momento em que o seu campo áurico formava um arco-íris completo e os seus chacras entoavam uma melodia maravilhosa, parecida com a emitida pelos planetas do sistema solar na sua trajectória.

Existe uma diferença abissal entre os emparceiramentos de corpos de almas diferentes e os dos corpos de almas gémeas. No primeiro caso, há uma premência pela posse física, e, por muito intensa que chegue a ser a relação, estará sempre condicionada pela matéria. Nunca se conseguirá a comunhão perfeita de almas, por mais afinidade que haja entre elas. O máximo a que se pode chegar é a obter um enorme prazer físico, mas não passa daí.

No caso das almas gémeas a coisa torna-se mais interessante, pois a fusão entre elas é total e a todos os níveis. Tal como há um lugar no corpo da mulher para ser ocupado pelo membro viril, entre átomo e átomo de cada corpo há um espaço livre para ser ocupado pela energia da alma gémea, ou seja, estamos a falar de uma penetração recíproca, pois cada espaço converte-se ao mesmo tempo no continente e no conteúdo do outro: na fonte e na água, na espada e na ferida, no Sol e na Lua, no mar e na areia, no pénis e na vagina. A sensação de penetrar um espaço só é equiparável à de se sentir penetrado. A de molhar, à de se sentir molhado. A de amamentar, à de ser amamentado. A de receber o morno esperma no ventre, à de ejaculá-lo. Os dois são motivo de orgasmo. E quando todos e cada um dos espaços que existem entre átomo e átomo das células do corpo foram cobertos ou cobriram, pois para o caso é a mesma coisa, vem um orgasmo profundo, intenso, prolongado. A fusão das duas almas é total e já não há nada que uma não saiba da outra, pois formam um só ser. A recuperação do seu estado original torna-as conhecedoras da verdade. Cada um vê no rosto do seu parceiro os rostos que a outra teve nas catorze mil vidas anteriores ao seu encontro.

Chegado esse momento, Azucena já não sabia quem nem que parte do corpo lhe pertencia e que parte não. Sentia uma mão mas não sabia se era a sua ou a de Rodrigo. Era uma mão e ponto final. Também já não sabia quem estava dentro e quem estava fora. Quem em cima e quem em baixo. Quem de frente e quem de costas. A única coisa que sabia era que formava com Rodrigo um só corpo que, adormecido de orgasmos, dançava no espaço ao ritmo da música das esferas.

* * *

Azucena aterrou novamente na sua cama quando sentiu uma perna entre as suas. Soube imediatamente que aquela perna não lhe pertencia, ou seja, que não era de Rodrigo nem dela. Rodrigo deve ter sentido a mesma coisa, pois gritou em uníssono com ela quando descobriu o corpo de um homem morto a seu lado. O regresso à realidade não podia ter sido mais bestial. O quarto da lua-de-mel estava cheia de polícias, repórteres e curiosos. Abel Zabludowsky, de microfone na mão, sentado na beira da cama de Azucena, entrevistava naquele momento o chefe da campanha do candidato americano à Presidência Mundial do Planeta, que acabava de ser assassinado.

— O senhor tem alguma ideia de quem disparou contra o senhor Bush?

— Não.

— O senhor acha que este assassínio faz parte de um complô para desestabilizar os Estados Unidos da América do Norte?

— Não sei, mas realmente este cobarde assassínio agitou--nos a consciência e não posso deixar de condenar, como todos os habitantes do Planeta, que a violência nos tenha voltado a ensombrar. E quero aproveitar a oportunidade que me dá para manifestar publicamente o meu absoluto repúdio por este tipo de actos e para exigir que a Procuradoria Geral do Planeta actue imediatamente para saber donde provém este ataque e quem são os autores intelectuais. Penso que hoje é um dia de luto para todos.

O chefe da campanha presidencial, assim como todo o mundo, estava consternadíssimo. Há mais de um século que o crime fora irradicado do planeta Terra e este facto tão inexplicável fazia-os voltar a uma época de obscurantismo que parecia ultrapassada.

Azucena e Rodrigo demoraram uns momentos a recuperar daquela impressão. Rodrigo não sabia o que estava a acontecer, mas Azucena sim. Tinha-se esquecido de apagar o despertador que tinha ligado à televirtual. Pegou no controlo à distância que estava na sua mesa-de-cabeceira e desligou o aparelho. As imagens de todos os presentes no lugar do assassínio desvaneceram-se imediatamente, mas o sabor amargo de boca, não. Azucena estava enjoada. Não estava habituada a encarar a violência. Menos ainda de uma forma tão brutal, tão directa. É que realmente a televirtual transportava uma pessoa para o lugar dos factos. Instala-a no centro da acção. Curiosamente, por isso a adquirira. Porque era muito agradável acordar com o boletim meteorológico. Uma pessoa podia acordar em qualquer lugar do mundo ou da galáxia. Disfrutar das paisagens mais exóticas aos mais simples. Abrir os olhos vendo o amanhecer em Saturno, ouvir o som do mar neptuniano, gozar o calor de um entardecer jupiteriano ou a frescura de um bosque recém-banhado pela chuva. Não havia melhor forma de levantar-se antes de se ir para o trabalho. Nunca esperou ter um despertar tão violento depois da noite maravilhosa que tivera. Que horror! Não conseguia tirar da mente a imagem do homem com um balázio na cabeça no meio da sua cama. Da sua cama! Da cama de Rodrigo e dela manchada de morte. Mas, ao olhar novamente para os olhos de Rodrigo, recuperou a alma e os horrores desvaneceram-se. E ao sentir o seu abraço, recuperou novamente o Paraíso. Ela ficaria sempre assim se Rodrigo a não tivesse separado. Queria ir ao seu apartamento buscar as suas coisas. Pensava transferir-se imediatamente e nunca mais separar-se dela. Antes de sair, Azucena prometeu-lhe que à sua volta não encontraria mais surpresas desagradáveis. Desligaria todos os aparelhos electrónicos de sua casa e deixaria o alarme do aerofone desligado a fim de que Rodrigo não tivesse problemas para entrar novamente no apartamento. Rodrigo festejou a medida com um grande sorriso e aquela foi a última imagem que Azucena teve dele.

* * *

A primeira coisa que Azucena achou estranho ao acordar foi a sensação de bem-estar ao contemplar a luz do sol. A angústia abria as suas asas negras sobre ela, enegrecendo-a, emudecendo-a, adormecendo-lhe o prazer, arrefecendo-lhe os lençóis, silenciando a música das estrelas. A festa terminara sem se esgotarem os seus boleros de outrora. Ficara sem dançar tango nas margens do rio, sem ter brindado com vinho, sem ter feito chorar de prazer o amanhecer, sem dizer a Rodrigo que ficava maluca quando ele a enchia de sussurros. Sentia as palavras feitas um nó na garganta e não tinha voz para as proferir nem ouvidos que as ouvissem. Grande parte dela fora-se por entre célula e célula do corpo de Rodrigo e ficara literalmente vazia. Da sua noite de amor apenas lhe restava uma suave dor nas suas partes íntimas e um ou outro chupão fruto da paixão. E era tudo. Mas os chupões empalideciam sem remédio, deixando de ser violetas nos prados dos êxtases para se converterem em testemunhas do abandono, da solidão. E a dor ia desaparecendo em conformidade com os músculos internos, que com tanto prazer tinham recebido, alojado, apertado, aconchegado, molhado e saboreado Rodrigo, voltavam ao seu lugar deixando o seu corpo sem qualquer lembrança palpável da breve lua-de-mel.

Não há dúvida que a distância é um dos maiores tormentos dos amantes. E no caso das almas gémeas pode vir a ter consequências fatais, pois actua sobre os corpos com a mesma força que os tentáculos de um polvo. Quanto maior a distância, maior capacidade de sucção. Azucena sentia um vazio enorme, profundo, total. Perder a sua alma gémea significava perder-se ela própria. Azucena sabia-o, e por isso procurava desesperadamente recuperar a alma de Rodrigo, caminhando pelos lugares que ele havia percorrido. Penetrando nos espaços que ele deixara marcados no ar. Este popular remédio caseiro funcionou durante algum tempo, já que a princípio a alma de Rodrigo estava muito presente, mas à medida que o tempo passava deixou de surtir efeito, pois a energia da aura tornava-se dia a dia menos perceptível. Azucena já quase nem a sentia, já nem se lembrava de Rodrigo, já nem se lembrava do seu cheiro, do seu sabor, do seu calor. A sua memória ia obscurecendo por causa do sofrimento. Os espaços vazios entre as células do seu corpo encolhiam-se com a tristeza e a alma do amado escapava-se-lhe inevitavelmente. A única coisa que sentia à flor da pele era a solidão que a rodeava.

    O desaparecimento injustificado de Rodrigo deixara-a completamente descoroçoada, sem respostas nem argumentos. Que explicação podia dar ao seu corpo, que lhe pedia ardentemente uma carícia? E, sobretudo, que diria à parvalhona da Cuquita, a porteira? Azucena tinha-lhe pedido que assim que Rodrigo voltasse registassem a aura dele no controlo-mestre do edifício, e só tinha feito figura de parva. De cada vez que se cruzava com ela, Cuquita perguntava-lhe com toda a má-fé do mundo quando regressava a sua alma gémea. Odiava-a. Sempre se tinham dado mal, pois Cuquita era uma ressentida social que pertencia ao PRI (Partido da Reivindicação dos Involuídos). Sempre a espiara, sempre tentara encontrar-lhe um defeito, um só, para não se sentir logo à partida tão inferior a ela. Nunca o encontrara, mas agora ela própria se pusera numa situação de desvantagem face a Cuquita e ficava chocada por ser objecto de troças. Que lhe podia dizer? Não tinha nenhuma resposta. O único que as tinha, e de certeza sabia onde estava Rodrigo, era Anacreonte, mas Azucena rompera as comunicações com ele. Nenhuma informação que viesse do

Anjo lhe interessava. Estava furiosa. Ele sabia perfeitamente que a única coisa que a ela lhe interessava na vida era localizar Rodrigo. Como fora possível então que não a avisasse de que Rodrigo podia desaparecer? Para que raio lhe servia ter um Anjo-da-Guarda se não podia evitar-lhe este tipo de desgraças? Nunca mais o queria ouvir. Era um que não servia para nada, a quem tinha de demonstrar que não precisava dele para conduzir a sua vida.

O pior era não saber por onde começar. Além disso, sair à rua deprimia-a. O ambiente era demasiado pesado. Toda a gente andava com medo depois do assassínio. Se alguém se atrevera a matar, que se seguiria? O assassínio? Mas como não pensara nisso? Claro! O mais provável era, em consequência do assassínio, ter acontecido alguma coisa a Rodrigo! Se calhar tinha havido novas desordens que tinham impedido Rodrigo de regressar, e ela ali como uma parva à espera que o noivo lhe caísse do céu. Ligou rapidamente a televirtual. Há uma semana que não sabia nada do que acontecia lá fora.

O seu quarto converteu-se imediatamente numa plantação de coca que estava a ser destruída pelo pessoal do exército. A voz de Abel Zabludowsky narrava a acção.

— Hoje o exército americano desferiu um forte golpe no narcotráfico do cacau. Foram destruídos vários hectares da droga e conseguiu-se a captura de um dos mais poderosos cabecilhas do chocolate que era procurado há muito tempo pela polícia. Esta é toda a informação que temos por agora. Os nomes do cabecilha e dos seus cúmplices não serão revelados para não obstruir a investigação, que pode culminar com a detenção do cartel venusiano.

A seguir, o quarto de Azucena converteu-se num laboratório cheio de computadores, pois naquele momento estavam a transmitir um documentário sobre como fora erradicada a criminalidade do Planeta. Foi quando se inventou um computador que, com uma simples gota de sangue ou de saliva, ou com um pedaço de unha ou de cabelo, podia reconstruir o corpo completo duma pessoa e indicar o seu paradeiro. Os delinquentes podiam ser detidos e castigados poucos minutos depois de terem cometido as suas malfeitorias, mesmo que se tivessem escondido em Tumbuctu.

Porém, é claro, o assassino do candidato tivera o cuidado de não deixar qualquer rasto. E tinham analisado todas as escarradelas que havia na banqueta e nada, nem sinais do criminoso.

De repente, desaparecem as imagens do laboratório e aparecem Abel Zabludowsky e o doutor Díez. Cada um sentado na cama ao lado de Azucena. Azucena fica surpreendida. O doutor Díez é seu vizinho de consultório. Abel Zabludowsky entrevista o doutor.

— Bem-vindo, senhor doutor Díez. Obrigado por participar no nosso programa.

— Pelo contrário, obrigado pelo convite.

— Diga-nos, senhor doutor, em que consiste o aparelho que acaba de inventar?

— É um aparelho muito simples que fotografa a aura das pessoas e detecta nela os rastos áuricos de outras pessoas que se tenham aproximado delas. Por este meio, vai ser muito fácil determinar quem foi a última pessoa que entrou em contacto com o senhor Bush.

— Espere lá, não estou a perceber bem, isto é, o aparelho que o senhor inventou capta numa fotografia a aura de todas as pessoas que se tenham aproximado de nós?

— Isso mesmo. A aura é uma energia que desde há muito tempo é fotografada. Todos sabemos que quando uma pessoa penetra no nosso campo magnético este fica contaminado. Há uma infinidade de auriografias que mostram o momento em que a aura foi afectada, mas até agora ninguém conseguira analisar e determinar a quem pertencia a aura da pessoa contaminadora. É isso que o meu aparelho pode fazer. Através da auriografia do contaminante pode reproduzir o corpo da pessoa que a possui.

— Mas, espere aí um bocadinho. O senhor Bush foi assassinado quando ia a andar no meio das pessoas. Deve-se ter aproximado dele e contaminado a sua aura uma infinidade de pessoas. Como é que pode saber então qual é a aura do assassino?

— Pela cor. Lembre-se que todas as emoções negativas têm uma cor específica...

Azucena não quer ouvir mais. O doutor Díez, além de ser seu vizinho de consultório, é seu amigo íntimo, só tem de ir vê-lo e deixar que lhe tire uma auriografia para localizar Rodrigo. Bendito seja Deus! Pega na sua malinha e sai imediatamente, sem se calçar, sem se pentear e sem desligar a televirtual. Se tivesse esperado mais um minuto, apenas mais um minuto, teria visto Rodrigo a saltitar como louco por todo o quarto. Abel Zabludowsky passara para a informação interplanetária. Em Korma, um planeta de castigo, um vulcão entrara em erupção. Pedia-se a colaboração dos televirtualenses enviando ajuda às vítimas, pois os habitantes do referido planeta, membros do Terceiro Mundo, viviam na época das cavernas. Um deles era nada mais nada menos que Rodrigo, a correr desesperadamente procurando evitar ser apanhado pela lava.

* * *

Rodrigo é o último a entrar numa pequena gruta no alto da montanha. Até o mais pequeno dos seres primitivos que vivem no planeta Korma corre mais depressa que ele. A sua lentidão não só é devida ao facto de não ter calos que o protejam das pedras ou do calor, como também ao facto de os seus músculos não estarem preparados para este tipo de esforço físico. O máximo que conseguira na sua vida fora caminhar até à cabina aerofónica mais próxima para se transportar de um lugar a outro do Planeta. Não sabia em que momento se metera na casota que o levara até ali. Não se lembrava de o ter feito. Bem, não se lembrava de nada. Uma sensação de angústia acompanhava-o sempre. Sentia que deixara de fazer qualquer coisa de importante, que tinha algo pendente para concluir. O seu corpo estava com desejos de qualquer coisa que não sabia, os seus pés tinham vontade de dançar tango, a sua boca sentia a urgência do beijo, a sua voz queria pronunciar um nome apagado na memória. Tinha-o na ponta da língua, mas a sua mente estava completamente em branco. Da única coisa que tinha a certeza era de que lhe fazia falta a Lua… e que aquela caverna cheirava que tresandava.

O humor concentrado de cerca de trinta seres primitivos, entre homens, mulheres e crianças, era realmente insuportável. A combinação de suor, urina, excremento, sémen, restos de comida decompondo-se na boca, sangue, cera, ranhos e demais secreções acumuladas durante anos nos corpos daqueles selvagens nauseabundos era para fazer desmaiar qualquer um. Mas era maior a necessidade de oxigénio para regular a sua respiração depois da maratónica corrida que acabava de efectuar do que o desagradável do cheiro, por isso Rodrigo inspirou o ar às golfadas e deixou-se logo cair sobre uma pedra. Teve o cuidado de o fazer o mais longe possível de todos. Tinha as pernas com cãibras devido ao esforço, mas já não tinha energia para se dar uma massagem. Estava completamente extenuado. Não tinha força sequer para chorar, para não dizer gritar com desespero como uma mulher que estava diante dele. A mulher acabava de sofrer a perda do filho. Caminhava em círculo carregando os restos calcinados dum corpo de criança. A mulher tinha as mãos chamuscadas. Rodrigo imagina-a metendo-as na lava para salvar o filho. O cheiro a carne queimada disseminava-se em espiral à medida que ela dava voltas e voltas diante da entrada da caverna. Lá fora, tudo estava repleto de lava incandescente. O calor era insuportável.

Rodrigo fecha os olhos. Não quer ver nada. Arrepende-se de ter fugido da lava. O que é que interessa manter-se vivo naquele lugar que não lhe pertence? Não se lembra quem é nem donde vem, mas tem um profunda sensação de ter estado num lugar privilegiado. Não é preciso ser-se muito observador para se ver que ele é alheio àquela civilização. Sente-se abandonado, magoado, desgarrado interiormente. Sente um vazio enorme. Como se lhe tivessem arrancado de repente metade do corpo. Não sabe o que fazer. Não existe a menor possibilidade de fuga. Além disso, para onde poderia ir? Teria família? Haveria alguém que o chorasse? Quanto tempo conseguiria sobreviver naquele planeta? Ele sozinho, nem um dia, e como membro daquela tribo tem muito poucas possibilidades. Apercebe-se constantemente dos olhares receosos daqueles selvagens sobre a sua pessoa. Não os culpa. A sua aparência de macho sem pêlo, sem força bruta, a quem não falta um único dente — o que só acontece às crianças de três anos —, sem cicatrizes, sem agressividade, que em vez de defecar na caverna vai fazê-lo detrás duma árvore, que em vez de atacar dinossáurios utiliza as pontas das lanças para tirar a porcaria das unhas, que em vez de comer o ranho se assoa com os dedos duma mão enquanto com a outra se tapa para que ninguém o veja, e que para cúmulo não fornica com as mulheres da tribo, é altamente suspeita. Todos o rejeitam.

Só há uma mulher que se sente atraída por ele e ninguém percebe porquê. A razão está no facto de ela ter sido a única a presenciar a aterragem da nave espacial que trouxe Rodrigo a Korma.

Viu-a descer dos céus por entre fogo e trovões. Rodrigo desceu do estranho aparelho nu e confuso. Para ela, a nave era como um ventre flutuante que dera à luz aquele homem. Considera Rodrigo como um Deus nascido das estrelas. Mais de uma vez lhe salvou a vida, lutando como uma fera contra os outros homens do clã para o defender. Não se cansa de lhe mostrar o seu agrado. Às vezes deita-se diante dele e abre as suas pernas peludas à espera que ele lhe salte para cima, como fazem os outros primitivos perante a mesma provocação. Mas Rodrigo fingiu estar cego e a coisa não passou daí. No entanto, a primitiva não perdeu a fé e pensa que agora que o seu Deus está ferido ela terá a sua grande oportunidade. Deita-se aos pés dele e começa com ternura a lamber as feridas que Rodrigo fez durante a fuga. Rodrigo abre os olhos e tenta retirar os pés, mas os seus músculos não lhe obedecem. Poucos segundos depois apercebe-se que é muito refrescante a sensação proporcionada pela língua húmida ao entrar em contacto com as ardentes feridas dos seus pés. Sente-se tão reconfortado que, pondo de lado a resistência, fecha os olhos e deixa-se amar. Pouco a pouco a primitiva vai subindo pelas pernas com grande intensidade. Agora lambe-lhe a barriga das pernas. Às vezes tem de suspender o seu trabalho para retirar os espinhos que Rodrigo traz espetados. Depois continua em direcção aos joelhos, a seguir detém-se muito tempo nas coxas — onde, aliás, não tem qualquer ferida — e finalmente chega ao seu objectivo principal: entre as pernas. A selvagem passa com luxúria a língua pelos lábios antes de continuar com a o trabalho de samaritano. Rodrigo fica preocupado. Sabe muito bem o que quer aquela horrorosa mulher de pêlo no peito, que cheira terrivelmente mal, que tem mau hálito, e que meneia lascivamente as ancas. O que ela pensa obter é a mesma coisa que Rodrigo tem vindo a evitar desde o princípio.

Felizmente, outro primitivo não perdera nenhum pormenor do que se passara entre eles. Os seus olhos não tinham descolado um segundo do traseiro à mostra da mulher. A posição quadrúpede em que estava tornava-o muitíssimo apetecível. E, sem pensar duas vezes, agarra-a pelas ancas e começa a fornicar com ela. Ela protesta com um grunhido. Como resposta recebe uma mocada na cabeça que a submete. Rodrigo fica agradecido com o facto de o macho ter entrado mesmo a tempo, mas fica incomodado com os modos. Além disso, como ela lhe salvou a vida muitas vezes, sente-se na obrigação de lhe corresponder. Sem saber onde, vai buscar forças para se levantar e puxar o macho. Este, enfurecido, dá-lhe uma primitiva pancada que o deixa pior que mastigado por um dinossáurio. Não faltava mais nada! Rodrigo não aguenta mais e chora de impotência. O que é que ele fez para merecer aquele castigo? Que crime estaria ele a pagar? Todos olham para ele admirados. A sua atitude desiludiu até a primitiva que tanto o admirava. E a partir daquele momento foi unanimemente repudiado como maricas.

O aerofone do doutor Díez não autorizou a entrada de Azucena. Isto era um indício de que o doutor estava ocupado com algum paciente e o deixara bloqueado. Azucena, então, não teve outro remédio senão entrar primeiro para o seu escritório para dali ligar para o seu vizinho de consultório e marcar um encontro como devia ser. Realmente não fez nada bem em marcar directamente o número aerofónico do doutor. Era uma tremenda falta de educação apresentar-se numa casa ou num escritório sem se ter apresentado antecipadamente, mas Azucena estava tão desesperada que passava por cima dessas mínimas regras de cortesia. É claro que era para isso que servia a tecnologia, para impedir que os bons costumes fossem esquecidos. Azucena, portanto, viu-se forçada a comportar-se de forma civilizada. Enquanto esperava que a porta do seu escritório se abrisse, pensou que há males que vêm por bem, pois há uma semana que não ia ao seu consultório e de certeza que teria uma infinidade de telefonemas de todos os pacientes que ela abandonara.

A primeira coisa que ouviu assim que a porta do aerofone se abriu foi um «Que pouca vergonha!» colectivo. Azucena começou por se surpreender, mas depois entristeceu-se muito. As suas plantas tinham estado sete dias sem água e tinham todo o direito de a receber daquela maneira. Azucena costumava deixá-las ligadas ao plantofalante, um computador que traduzia em palavras as suas emissões eléctricas, pois ela gostava de chegar ao trabalho e que as suas plantas lhe dessem as boas-vindas.

Geralmente, as suas plantas eram muito decentes e carinhosas. Mais ainda, nunca antes a tinham insultado. Agora, Azucena não as censurava; se havia alguém que soubesse a raiva que dava ficar à espera, era ela. Deitou-lhes logo água. Enquanto o fazia, pediu-lhes mil desculpas, cantou-lhes e acariciou-as com se fosse ela própria a ser consolada. As plantas acalmaram-se e começaram a ronronar de prazer.

Azucena, então, pôs-se a ouvir as mensagens aerofónicas. A mais desesperada era de um rapaz que era a reencarnação de Hugo Sánchez, um famoso futebolista do século xx. A partir de 2200, o rapaz, que era novamente futebolista, fazia parte da selecção terrestre. Em breve ir-se-ia disputar o campeonato interplanetário de futebol e esperava realizar uma boa actuação. Mas o que acontecia era que as suas experiências como Hugo Sánchez o haviam traumatizado; os seus compatriotas tinham tido demasiada inveja dele e tinham-lhe tornado a vida num inferno. Por mais que Azucena tivesse trabalhado com ele em várias sessões de astranálise, não conseguira apagar-lhe totalmente a amarga experiência que ele tivera quando não o deixaram jogar no campeonato mundial de 1994. O seguinte telefonema era da esposa do rapaz, que na vida passada fora o doutor Mejía Barón, o treinador que não deixou Hugo Sánchez jogar. Tinham-nos posto juntos nesta vida para aprenderem a amar-se, mas Hugo não lhe perdoava e sempre que podia dava-lhe grandes tareias. A mulher já não aguentava mais; suplicava a Azucena que a ajudasse, senão estava decidida a suicidar-se. Havia também vários telefonemas do treinador do rapaz. Faltava pouco para a partida Terra-Vénus e queria que a sua estrela jogasse como titular. Azucena pensou que o melhor era dar ao treinador o nome de outro dos seus pacientes, que era a reencarnação de Pelé. Ela não estava em condições de receber ninguém naquele momento. Tinha muita pena, mas nada, era mesmo assim. Para poder trabalhar como astranalista era preciso estar-se muito limpo de emoções negativas, e Azucena não estava.

Não conseguiu ouvir as outras mensagens pois as suas plantas começaram numa grande gritaria. Estavam histéricas. Através da parede ouviam uma enorme discussão proveniente do escritório do doutor Díez e elas não gostavam nada de más vibrações. Azucena abriu imediatamente a porta que dava para o corredor e bateu à porta do doutor Díez. Devia ser grave o que estava a acontecer para ele explodir daquela forma.

As suas fortes pancadas silenciaram a luta. Como não recebia qualquer resposta, Azucena tentou bater de novo, mas não foi preciso. A porta do doutor Díez abriu-se intempestivamente. Um homem robusto empurrou-a contra a porta do seu consultório. Azucena foi bater no vidro. O letreiro de Azucena Martínez, Astranalista, caiu em estilhaços. Depois do homem robusto saiu outro ainda mais enfurecido e, depois dele, o doutor Díez, mas quando viu Azucena no chão parou a sua corrida e aproximou-se para a socorrer.

— Azucena! Nunca pensei que fosse você. Magoaram-na?

— Não, acho que não.

O doutor ajudou Azucena a levantar-se e observou-a brevemente.

— Pois sim, parece que não lhe aconteceu nada.

— E a si, magoaram-no?

— Não, estávamos só a discutir. Mas felizmente chegou você.

— E quem eram?

— Ninguém, ninguém... Mas olhe, o que é que lhe fizeram?

— Já lhe disse que nada, foi só a pancada.

— Não me refiro a eles. O que é que lhe aconteceu? Está doente? Está com uma cara terrível.

Azucena não conseguiu aguentar por mais tempo o choro. O doutor abraçou-a paternalmente. Azucena, com a voz entrecortada pelos soluços, desabafou com ele. Explicou-lhe como se encontrara com a sua alma gémea e como o prazer lhe durara tão pouco. Como num mesmo dia passara do abraço ao desamparo, do apaziguamento ao desassossego, da embriaguez à sensatez, da plenitude ao vazio. Disse-lhe que já o procurara por toda a parte e que não havia rasto nenhum dele. A única esperança que lhe restava era localizá-lo através do aparelho que ele acabava de descobrir. Assim que Azucena se referiu ao invento, o doutor Díez voltou-se para ver se alguém os ouvia, e pegando no braço de Azucena introduziu-a no seu consultório.

— Venha comigo. Aqui dentro falamos melhor.

Azucena sentou-se numa das cómodas cadeiras de pele, diante da secretária do doutor. O doutor Díez falou em voz baixa como se alguém pudesse estar a ouvi-los.

— Olhe, Azucena. Você é uma grande amiga e gostaria imenso poder ajudá-la, mas não posso.

A desilusão emudeceu Azucena. Um véu de tristeza cobriu-lhe os olhos.

— Só fabriquei dois aparelhos. Um é a polícia que o tem, e de nenhum modo mo emprestariam, pois têm-no dia e noite ocupado na localização do assassino do senhor Bush. E o outro também não o posso utilizar, porque não tenho autorização para entrar em CUVA (Controlo Universal de Vidas Anteriores) onde ele está... Embora, deixe-me pensar... Agora mesmo há uma vaga... Talvez se você fosse para lá trabalhar pudesse utilizá-lo...

— Está louco? Lá só admitem burocratas de nascimento. Como é que acha que me deixariam entrar?...

— Eu posso ajudá-la a transformar-se numa burocrata de nascimento.

— O senhor? Como?

O doutor tirou um minúsculo aparelho da gaveta da secretária e mostrou-o a Azucena.

— Com isto.

* * *

A menina burocrata guardou numa gaveta uma boa torta de *tamal* que estava a comer e limpou cuidadosamente as mãos na saia antes de cumprimentar Azucena Martínez, a última das candidatas ao lugar de «averiguadora oficial» que ela tinha de entrevistar.

— Sente-se, se faz favor.

— Obrigada.

— Vejo aqui que a senhora é astranalista.

— Sou sim.

— Esse é um trabalho muito bem pago, o que é que a fez vir trabalhar para um lugar de funcionária pública?

Azucena sentia-se muito nervosa, sabia que uma câmara fotomental fotografava cada um dos seus pensamentos. Esperava que o microcomputador que o doutor Díez lhe instalara na cabeça enviasse pensamentos de amor e paz. Se não, estava perdida, pois o que verdadeiramente se cruzava na sua mente naquele momento era que aqueles interrogatórios eram uma palhaçada e que as repartições do governo eram uma merda.

— O que se passa é que estou muito esgotada emocionalmente. O meu doutor recomendou-me umas férias. A minha aura ficou carregada de energia negativa e precisa de se recompor. A senhora compreende, trabalho muitas horas a ouvir todo o tipo de problemas.

— Sim, compreendo. E penso que a senhora, por seu lado, compreende a importância que tem o conhecimento de vidas anteriores para se perceber o comportamento de qualquer pessoa.

— Claro que compreendo.

— Então, calculo que não se oporá a que lhe façamos um exame trabalhando directamente no campo do seu subsconsciente, para desse modo obtermos as nossas conclusões finais sobre se a senhora é a pessoa capacitada para ocupar o lugar no nosso escritório ou não.

Azucena sentiu que um suor frio lhe corria pelas costas. Tinha medo, muito medo. A prova de fogo estava à sua espera. Ninguém pode entrar no subconsciente de outra pessoa sem prévia autorização. Ela tinha que autorizar que o fizessem, se realmente desejava entrar para CUVA. É claro que de forma nenhuma consentiria o acesso ao seu verdadeiro subconsciente, pois os dados que os analistas esperavam recolher eram os relacionados com a sua solvência moral e social. Queriam saber se nalguma das vidas ela torturara ou matara alguém. Qual era o seu grau de honestidade no presente. Qual era o seu nível de tolerância à frustração e qual a sua capacidade para organizar movimentos revolucionários. Azucena era muito honesta e já pagara os carmas por todos os crimes que cometera. Mas o seu nível de tolerância à frustração era mínimo. Era uma agitadora nata e uma rebelde por natureza, por isso seria melhor que o aparelho do doutor Díez continuasse a funcionar correctamente, se não, não só ficaria sem o lugar de «averiguadora oficial» como receberia um castigo terrível: que lhe apagassem a memória das suas vidas passadas e... aí sim, adeus Rodrigo!

— Qual é a palavra de acesso?
— Batatas enterradas.

A menina burocrata escreveu a frase no teclado do computador e deu a Azucena um capacete para que o pusesse na cabeça. A câmara fotomental instalada dentro do capacete fotografava os pensamentos do inconsciente. Traduzia-os em imagens de realidade virtual que assim eram computorizados no gabinete do Controlo de Dados. Ali eram amplamente analisados por um grupo de especialistas e um computador.

Azucena colocou o capacete, fechou os olhos e começou a ouvir uma música muito agradável.

No escritório ao lado começou a reproduzir-se em realidade virtual a cidade do México do ano de 1985. Então, os cientistas puderam caminhar pela avenida Samuel Ruiz tal como ela estava há duzentos e quinze anos, quando era conhecida como Eixo Lázaro Cárdenas. Foram até à Catedral Metropolitana quando ainda estava inteira. Continuaram o seu percurso pelo Eixo Central até chegarem à praça de Garibaldi. Colocaram-se ali junto de um grupo de *mariachis* que tocavam a pedido de uns turistas.

Os cientistas burocratas começaram a discutir acaloradamente entre si. Chamava a atenção a claridade das imagens que observavam. Geralmente, a mente lembra de forma confusa e desorganizada. Azucena era a primeira pessoa que conheciam que tinha o seu passado muito claro. As imagens que projectava tinham uma perfeita ordem cronológica. Não estavam fragmentadas, o que significava que a rapariga era um génio ou que introduzira ilegalmente um microcomputador. Houve quem sugerisse a presença da polícia. Outros, só pediram uma investigação a fundo. E alguns, estremecendo com o som das trompetes, comoveram-se até às lágrimas.

Felizmente, nestes casos o único que tinha uma opinião de peso e dava o veredicto final e inapelável era o computador. E o computador aceitava a informação fornecida por Azucena sem qualquer estranheza. A opinião dos cientistas só era tida em conta no caso de o computador deixar de funcionar, e isso só acontecera uma vez em cento e cinquenta anos. Fora durante o grande terramoto. No dia em que a terra deu à luz a nova Lua. E dessa vez ninguém esteve interessado em conhecer a opinião dos cientistas, pois o importante era salvar a vida. Por isso bem podiam discutir entre eles tudo o que quisessem que ninguém estaria interessado nas suas conclusões.

Azucena, completamente isolada de todos, ouvia a música que saía dos auriculares do capacete. Sentia-se a flutuar no tempo. A melodia transportava-a suavemente a uma das suas vidas passadas. O seu verdadeiro subconsciente tinha começado a trabalhar de forma automática e trazia-lhe uma imagem que Azucena já vira numa das suas sessões de astranálise. Nunca conseguira ver mais além por causa de um bloqueio naquela vida passada, mas a melodia que agora ouvia tinha evidentemente o poder de trespassá-lo.

CD - 1

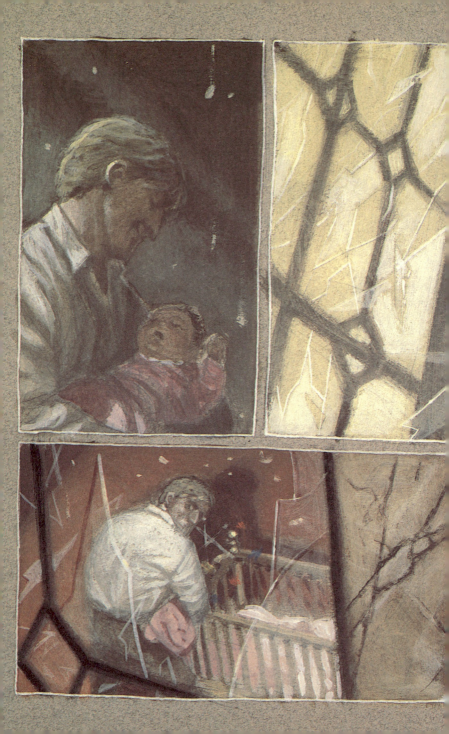

Subitamente, a música desapareceu deixando a mente de Azucena em branco. Acabam de lhe desligar o capacete. Nem podia acreditar que a menina burocrata a despertasse justamente quando estava a ver Rodrigo! Azucena tinha completamente a certeza de que o homem que a abraçava para lhe salvar a vida era ele. Reconheceu o seu rosto entre um dos catorze mil que ela lhe viu no dia do seu encontro. Não podia haver o mínimo engano. Era ele! Tinha urgência em saber que música era aquela que a levara a Rodrigo.

— É tudo, muito obrigada. Esperemos o veredicto final.
— A música que ouvi, o que era?
— Música clássica.
— Sim, eu sei, mas de quem?
— Mmmmm, isso é que eu não sei. Parece-me que é duma ópera, mas não tenho a certeza...
— Não pode perguntar?
— E a senhora porque é que está interessada em saber isso?
— Bem, não é que esteja pessoalmente interessada. O que acontece é que no meu trabalho de astranalista é muito bom utilizar música que provoque estados alterados de consciência...

— Sim, imagino. Mas como durante muito tempo não vai trabalhar como astranalista, não tem problema em não saber...

Por uma abertura da mesa da secretária, o computador cuspiu um papel. A menina burocrata leu-lho e a seguir deu-o a Azucena.

— Mmmm, os meus parabéns, passou no exame. Leve este papel ao segundo andar. Lá vão-lhe tirar uma aurografia para a sua credencial. Assim que a tiver, pode apresentar-se a trabalhar.

Azucena não cabia em si de contente. Não era possível tanta beleza. Procurou ser prudente e não demonstrar as suas emoções, mas não conseguia dissimular um sorriso triunfal. Tudo lhe estava a correr perfeitamente. Iria mostrar a Anacreonte o que era resolver problemas!

No segundo andar, havia aproximadamente quinhentas pessoas à espera de tirarem a aurografia. Aquilo não era nada comparado com as bichas em que Azucena estivera anteriormente. Por isso, com grande resignação ocupou o lugar que lhe correspondia na fila. Uma câmara fotomental fotografava todos constantemente. Aquela era a última prova por que tinham de passar. Nela detectava-se a capacidade de tolerância à frustração que os futuros burocratas tinham. O que acontecia era que os seus companheiros de fila tinham realmente fibra de burocratas e facilmente conseguiam passar no exame, mas ela não. Cada minuto que passava dava cabo da sua paciência. O nervoso bater do seu calcanhar no chão foi a primeira coisa que chamou a atenção dos juízes classificadores. Era completamente contraditório com os pensamentos que Azucena emitia. A câmara fotomental focou o rosto e captou o esgar de impaciência que os seus lábios tinham. A total incongruência entre pensamento e gesto era muito suspeita. Talvez fosse aquela a causa pela qual assim que Azucena chegou

ao postigo para ser atendida, puseram um letreiro de «encerrado».
Azucena quase tem um enfarte de raiva. Não podia ser! Não podia ter tão pouca sorte. Teve de morder os lábios para não deixar sair as imprecações. Teve de fechar os olhos para não saírem disparados os punhais com que desejava atravessar a garganta da menina. Teve de atar os pés para as suas pernas não partirem o postigo aos pontapés. Teve de dar um nó aos dedos para não destruírem os papéis que lhe tinham posto nas mãos quando lhe disseram que regressasse na segunda-feira seguinte.

Até segunda-feira! Era quinta-feira de manhã. Não achava possível esperar até segunda-feira com os braços cruzados. O que poderia fazer? Gostaria imenso de continuar com a regressão à vida passada onde viu Rodrigo, mas não tinha à mão o compacto que lha provocara, nem sabia que ópera lhe tinham posto, e, mesmo que soubesse, não seria fácil consegui-la. As últimas descobertas em musicoterapia tinham complicado a compra e venda de compactos. Há tempo que se sabia que os sons musicais tinham uma influência poderosa no organismo e alteravam o comportamento psicológico das pessoas, podiam-nas tornar esquizofrénicas, psicopatas, neuróticas e, em casos graves, até assassinas.

Mas recentemente descobrira-se que qualquer melodia tinha o poder de activar a nossa memória de vidas anteriores. Eram utilizadas na área da astranálise para induzir regressões a vidas passadas. Como se poderá supor, não era conveniente que qualquer pessoa utilizasse a música para esses fins, pois nem todas tinham o mesmo grau de evolução. Por vezes, não é bom destapar o passado. Se alguém tiver bloqueado um conhecimento, é porque não o pode manipular. E tinha acontecido uma infinidade de vezes de repente um ex-rei propor-se recuperar as jóias da coroa que lhe tinham pertencido e coisas parecidas. Portanto o governo decretara que todos os discos, gira-discos, leitores de cassetes, compactos e demais aparelhos de som passassem para a posse da Direcção Geral de Saúde Pública. Para adquirir um compacto uma pessoa tinha de demonstrar a sua solvência moral e o seu grau de evolução espiritual. A forma de fazê-lo era apresentando uma carta registada por um astranalista onde se garantisse que aquela pessoa não corria qualquer risco ao ouvir determinada música. Azucena, na sua qualidade de astranalista, podia realizar todos aqueles trâmites sem problema, mas levaria aproximadamente um mês. Isso seria uma eternidade! Tinha de pensar noutra coisa, pois enlouqueceria se regressasse a casa sem ter conseguido qualquer avanço na localização de Rodrigo. Queria vê-lo frente a frente quanto antes para lhe exigir uma explicação. Porque a tinha abandonado? Cometera algum erro? Ela não era suficientemente atraente? Ou seria porque tinha uma amante que não podia abandonar? Azucena estava disposta a aceitar qualquer explicação, mas queria que lha dessem. O que para ela era insuportável era a incerteza. Despertava-lhe todas as inseguranças que com tanto trabalho conseguira ultrapassar com a ajuda da astranálise. A sua falta de confiança em si mesma impedira-a de ter um parceiro estável. Quando encontrava alguém que valia a pena e que a tratava muito bem, terminava inevitavelmente por romper com ele. Lá bem no fundo sentia que não merecia a felicidade. Mas, por outro lado, tinha uma enorme necessidade de se sentir amada. Por isso, procurando um remédio para os seus problemas decidira encontrar a sua alma gémea pensando que com ela não havia margens para o erro, pois tratava-se da união perfeita. Tanto tempo para a encontrar! E tão depressa que a perdera! Não era possível! Era do mais injusto que lhe acontecera nas suas catorze mil vidas.

Definitivamente, tinha de fazer alguma coisa para acalmar a sua angústia e o seu desespero, e talvez o mais adequado fosse ir fazer bicha para a Procuradoria da Defesa do Consumidor. Ali pelo menos poderia lutar com alguém, reclamar, gritar, exigir os seus direitos. Os burocratas que atendiam nesses lugares eram dos que tinham mais paciência. Punham-nos lá para que as pessoas desabafassem as suas frustrações. Sim, isso iria fazer.

* * *

A Procuradoria da Defesa do Consumidor parecia a antecâmara do inferno. Lamentos, queixas, lágrimas, arrependimentos, mágoas e misérias ouviam-se por toda a parte. O amontoado a que estavam condenadas as milhares de pessoas que faziam fila diante dos postigos de atendimento ao público é que causava um calor verdadeiramente endiabrado. Azucena transpirava rios de suor, o mesmo que Cuquita. Cuquita fazia bicha na fila de Quadro Astral, e Azucena na de Almas Gémeas. As duas fingiam demência. Não tinham o menor desejo de se cumprimentarem. Mas o destino parecia empenhar-se em juntá-las, pois no momento em que Cuquita ia ser atendida, Azucena avançou na fila e ficou praticamente ao lado dela. Da posição em que estava podia ouvir perfeitamente a conversa entre Cuquita e a burocrata que a atendia. A comunicação entre ambas tornava-se um pouco mais difícil porque Cuquita tinha o vício de procurar impressionar as outras pessoas com a utilização de palavras finas e elegantes. O problema era que, como não sabia o seu significado, utilizava uma palavra em vez de outra e acabava por dizer grandes asneiras que só serviam para confundir os seus interlocutores.

— Olhe, menina. Você sabe como é horrível ter posto tanto fanico para nada?

— Tanto quê?

— Fanico, eu pus muito *fanico* para me ultrapassar e penso que já *levei* muito a minha alma e mereço melhor trato.

— Sim, minha senhora, não duvido, mas o problema é que nesta vida tudo se paga, às prestações ou a pronto, mas paga-se.

— Sim, menina, mas realmente eu já há muito tempo que paguei todos os meus carmas. E quero o divórcio.

— Lamento muito, minha senhora, mas as minhas informações dizem que ainda tem dívidas com o seu esposo de outras vidas.

— Quais dívidas?

— Quer que lhe lembre a sua vida como crítico de cinema?

— Bom, está bem, reconheço que me portei muito mal, mas não é para tanto, sabe! Ando há muitas vidas a pagar os carmas que ganhei com os comentários da minha língua *vespertina*, para agora me porem junto a este *negrúmeno*! Olhe como tenho o olho. Se não me deixarem divorciar-me juro-lhe que o mato.

— Faça o que quiser, e vai ter de pagar também por isso. O seguinte, por favor.

— Olhe, menina, e não haverá forma de nos entendermos as duas para me deixarem conhecer a minha alma gémea?

— Não, senhora, não há! E olhe, há muita gente na mesma situação que a senhora. Todos querem ter beleza, dinheiro, saúde e fama sem ter feito méritos. Mas se quiser realmente a sua alma gémea sem a ter ganho, podemos-lhe passar um crédito, mas só se se comprometer a pagar os juros.

— De quanto estamos a falar?

— Se assinar este papel pomo-la em contacto com a sua alma gémea em menos de um mês, mas tem de se comprometer a passar mais dez vidas ao lado do seu actual esposo a sofrer tareias, humilhações, ou lá o que for. Se estiver disposta a aguentar, fazemos já agora isso.

— Não. É claro que não estou disposta.

— Se é assim, são muito bons para pedir, mas não para pagar. Por isso é preciso pensar muito bem o que é que se quer.

Azucena sentiu pena de ter ouvido as reclamações de Cuquita. Embora não gostasse dela, não era nada agradável vê-la sofrer. O pior era Azucena saber muito bem que Cuquita não tinha a menor hipótese de obter uma autorização para conhecer a sua alma gémea. Coitada. Quem sabe quantas vidas mais terá de esperar! Bom, Azucena naquela altura estava a chegar à conclusão de que o amor e a espera eram a mesma coisa. Um não existia sem o outro. Amar era esperar, mas, paradoxalmente, era a única coisa que a impelia a agir. Isto é, a espera mantivera-a activa. Graças ao amor que Azucena tinha a Rodrigo estivera numa infinidade de bichas, emagrecera, purificara o seu corpo e a sua alma. Mas a partir do seu desaparecimento não conseguia pensar noutra coisa senão em qual seria o seu paradeiro. O seu asseio pessoal era deplorável. Já nem se preocupava com pentear-se. Já nem se importava com lavar os dentes. Já nem lhe interessava nada do que acontecia no mundo, a não ser que estivesse relacionado com Rodrigo.

O companheiro de fila que estava atrás de Azucena já lhe falara de setenta e cinco vidas passadas e ela não lhe prestara a mínima atenção. A sua conversa era para ela soporífera, mas o seu amigo fortuito não reparara nisso, pois Azucena mantinha uma expressão neutra no rosto. Ninguém, ao vê-la, conseguiria suspeitar que ela estava a começar a sentir sono. Aquele homem parecia ser a cura perfeita para a insónia galopante que a atormentava desde o desaparecimento de Rodrigo. Procurara tudo para pôr cobro àquilo, desde chá de tília ou leite com mel, até ao seu método infalível, que consistia em recordar todas as coisas que fizera na vida. A solução era contar em conta regressiva uma a uma as pessoas que tinham sido atendidas antes dela no postigo. Antes de perder Rodrigo este método nunca falhara. Mas já não lhe dava resultado. De cada vez que pensava numa fila, lembrava-se do entusiasmo com que o fizera, esperando ser beijada, acariciada, apertada... E, então, o sono espantava-se, saía fugindo pela janela e não havia forma de o apanhar. Agora — quem sabe se por causa da combinação do calor, junto com a conversa do seu companheiro de fila —, a verdade é que estava prestes a fechar os olhos. Aquele homem facilmente conseguiria adormecer um batalhão completo com as suas histórias. Ouvi-lo era uma chatice monumental.

— E já lhe falei da minha vida de bailarina?
— Não.
— Nãããooo? Está bem, nessa vida... Veja só como são as coisas! Eu não queria ser bailarina, queria ser músico, mas como numa outra vida eu fora músico de rock e deixara muitos surdos com o meu barulho, pois não me deixaram ter bom ouvido para a música, não tive outro remédio senão ser bailarina... Ai, olhe, e não me arrependo. Adorei! A única coisa horrível, realmente, eram os joanetes que as sapatilhas me fizeram, mas fora isso, adorava bailar em bicos de pés! Era algo assim como flutuar e flutuar no ar... como... Ai nem sei como explicar...! O pior é que me mataram aos vinte anos, está a ver? Ai, foi horrível! Eu ia a sair do teatro e uns homens quiseram-me violar, como eu resisti, um deles matou-me...

Azucena enterneceu-se quando viu chorar como uma criança pequenina aquele homem tão grande, robusto e horroroso.

Pegou num lenço e deu-lho. Enquanto ele enxugava as lágrimas, Azucena procurou imaginá-lo a bailar em bicos de pés, mas não conseguiu.

— Foi algo de muito injusto, porque eu estava grávida... e nunca pude ver o meu filhinho...

O homem pronunciara as palavras-chaves para chamar a atenção de Azucena: «Nunca pude ver o meu filhinho.» Se havia alguma coisa que Azucena conhecia, essa coisa era a dor da ausência. Imediatamente se identificou com a dor daquele pobre homem que nunca pôde ver aquela pessoa tão amada e esperada. No entanto, não descobriu como consolá-lo e limitou-se, portanto, a olhar para ele com um olhar de comiseração.

— Por isso vim reclamar. Nesta vida eu devia ter uma corpo de mulher para terminar a minha aprendizagem da outra vida, e por engano nasci dentro deste corpo tão horroroso. Não acha que é feio?

Azucena procurou animá-lo, mas não lhe ocorreu nem um único piropo. O homem realmente era tão feio como bater em deus.

— Ai! Nem sabe o que eu daria para ter um como o seu. Odeio ter corpo de homem... Como não gosto de mulheres, tenho de ter relações homossexuais, mas a maioria dos homens são muito bruscos! Não sabem ser meigos comigo... e o que eu preciso é de ternura. Ai! Se eu tivesse um corpo fino e delicado, tratar-me-iam delicadamente...

— E não pediu um transplante de alma?

— Ui, não! Ando há dez anos nas bichas, mas de cada vez que há um corpo disponível, dão-no a outro e a mim não. Estou desesperado...

— Está bem, espero que lho dêem em breve.
— Eu também.

O homem devolveu a Azucena o lenço que esta lhe emprestara. Azucena pegou nele por uma pontinha, porque estava cheio de ranho e por fim decidiu oferecê-lo ao homem em vez de o meter na mala. Ele agradeceu-lhe muito e despediram-se à pressa, pois já era a vez de Azucena ser atendida.

— Já é a sua vez, obrigado e até logo. Boa sorte!
— Para si também.
— O seguinte.
— Assunto?
— Olhe, menina, eu meti os meus documentos na secretaria do quadro astral há muito tempo.
— Os assuntos do quadro astral são na outra bicha. O seguinte.
— Oiça, deixe-me acabar...! Lá disseram-me que eu já estava em condições de conhecer a minha alma gémea, puseram-me em contacto com ele e vimo-nos.
— Se já se encontrou com ele, o que é que vem cá fazer? O seu assunto já está resolvido. O seguinte...
— Espere! Ainda não acabei. O problema é que ela desapareceu de um dia para o outro e não a encontro. Poderia dar-me a sua direcção?
— Como? Encontrou-se com ele e não sabe a direcção?
— Não, porque só me deram o seu número aereofónico. Deixei-lhe uma mensagem e ele foi a minha casa.
— Pois ligue para ele outra vez. O seguinte...
— Oiça, você realmente acha que eu sou imbecil, não é verdade? Tenho ligado dia e noite e não atende. E não posso ir a sua casa porque não estou registada no seu aerofone. Fazia o

favor de me dar a sua direcção ou quer que eu faça barulho? Porque, oiça lá muito bem, eu não vou sair daqui sem a direcção! Só me tem que dizer se ma vai dar a bem ou a mal!

Os gritos de Azucena eram acompanhados por um olhar fulminante que conseguiu aterrar a menina burocrata. Com grande docilidade pegou no papel que Azucena lhe entregou com os dados de Rodrigo e, diligentemente, procurou a informação no computador.

— Esse senhor não existe.
— O quê! Não existe?
— Não existe. Já o procurei nos encarnados e nos desencarnados e não aparece em nenhum registo.
— Não é possível, tem de estar, menina.
— Estou-lhe a dizer que não existe.
— Olhe, menina, por favor não me venha com essa! A prova de que existe sou eu própria, pois sou a sua alma gémea. Rodrigo Sánchez existe porque eu existo, e ponto final.

Não houve um único ser vivo na Procuradoria da Defesa do Consumidor que não ouvisse os gritos dilacerados de Azucena, mas ninguém se surpreendeu tanto ao ouvi-los como o seu companheiro de fila. Suspendeu imediatamente o rímel que estava a pôr nas pestanas. Retocava os olhos depois das copiosas lágrimas que chorara. As mãos tremiam-lhe da sensação que tivera e foi-lhe muito difícil pôr o rímel no seu sítio dentro da malinha. Quando Azucena, uma fúria, pegou nos seus papéis e se voltou para sair, não soube o que fazer. Era a vez de ele ser atendido, mas ficou hesitante entre dar um passo em frente e ir atrás de Azucena.

Quando saiu à rua, Azucena sentiu uma pancada no ombro que lhe fez dar um salto. A seu lado estava um homem de aspecto muito desagradável a sussurrar-lhe qualquer coisa ao ouvido.

— Precisa de um corpo?

— O quê?

— Eu posso-lhe conseguir um corpo em muito bom estado e muito barato.

Só lhe faltava isto para acabar uma bela e inesquecível manhã na burocracia! Cometera o erro de dar atenção àquele «candongueiro» e isso seria suficiente para não se ver livre dele durante mais uns três quarteirões. Em todas as repartições do governo abundava aquele tipo de personagens, mas era preciso ignorá-los completamente se se queria caminhar tranquilamente na rua, pois se eles viam que uma pessoa olhava pelo canto do olho, nem que fosse apenas um segundo, insistiam logo em vender os seus serviços fosse como fosse.

— Não, obrigada.

— Ande lá! Anime-se! Não vai encontrar preço melhor.

— Já disse que não! Não preciso de corpo nenhum.

— Pois não é por nada, mas eu estou a vê-la um bocado maltratada.

— E isso que lhe interessa a si?

— Nada, só estou a falar. Ande lá, temos uns que acabam de chegar, bem bonitos, com olhos azuis e tudo…

— Já disse que não quero!

— Não perde nada em ir vê-los.

— Não! Não percebe?

— Se está preocupada com a polícia, deixe-me dizer-lhe que trabalhamos com corpos sem registo áurico.

— Com a polícia é que eu vou falar se não parar de me chatear!

— Ui, que mau génio!

Não estivera mal, só demorara um quarteirão e meio a passo rápido para pôr de lado o «candongueiro». Azucena voltou-se na esquina para ver se ele não a seguia e viu-o a abordar o seu ex-companheiro de fila. Oxalá o desespero daquela ex-«bailarina» frustrada por não ter um corpo de mulher não o fosse fazer cair nas garras daquele ganhão! Mas pronto, ela não tinha de se preocupar com isso, já tinha que lhe chegasse com os seus próprios problemas. Fora disso, o mundo bem podia cair, que ela não se ralava. Caminhava tão absorta nos seus pensamentos que nunca se apercebeu que uma nave espacial percorria a cidade anunciando a nomeação do novo candidato à Presidência Mundial: Isabel González.

CD — 2

INTERVALO PARA DANÇAR

Mala porque no me quieres
mala porque no me tocas
mala porque tienes boca
mala cuando te conviene

mala como la mentira
el mal aliento y el estreñimiento
mala como la censura
como rata pelona en la basura
mala como la miseria
como foto de licencia
mala como firma de Santa Anna
como pegarle a la nana

mala como la triquina
mala, mala y argentina
mala como las arañas
mala y con todas las mañas

mala como el orden, la decencia, como la buena conciencia
mala por donde la mires
mala como una endodoncia
mala como clavo chato
mala como película checa
mala como caldo frío
mala como fin de siglo
mala por naturaleza
mala de los pies a la cabeza
mala, mala, mala
mala, pero qué bonita chingaos!

LILIANA FELIPE

Ser demónio é uma enorme responsabilidade, mas ser Mammon, o demónio de Isabel, é realmente uma bênção. Isabel González é a melhor aluna que eu tive em milhões de anos. É a mais bela flor de mansidão dada pelos campos do poder e da ambição. A sua alma entregou-se aos meus conselhos sem receios, com profunda inocência. Toma as minhas sugestões como ordens iniludíveis e leva-as logo à prática. Não se detém perante nada nem perante ninguém. Elimina quem tem de eliminar sem quaisquer remorsos. Põe tanto empenho em alcançar as suas pretensões que em breve vai passar a fazer parte da nossa organização, e nesse dia vou ser o demónio mais orgulhoso dos infernos.

Considero uma felicidade ter sido escolhido como seu mestre. Podiam ter escolhido qualquer um dos outros anjos caídos que vivem nas trevas, muitos deles com melhores antecedentes no campo do ensino. Mas — bendito seja Deus! — o favorecido fui eu. Graças à aplicação de Isabel vou tornar-me merecedor da promoção por que espero há tantos séculos. Por fim vou ter o reconhecimento que mereço, pois até agora não recebi mais que ingratidões. O meu trabalho é tão mal pago! Os que sempre levaram os aplausos, as condecorações, a glória, foram os Anjos da Guarda. E interrogo-me: o que fariam eles sem nós, os Demónios? Nada. Um espírito em evolução precisa de atravessar todos os horrores imagináveis das trevas antes de alcançar a iluminação. Não há outro caminho para chegar à luz além do da escuridão. A única forma de temperar uma alma é através do sofrimento e da dor. Não há forma de evitar este sofrimento ao ser humano. Também não é possível dar-lhe lições por escrito. A alma humana é muito néscia e não percebe enquanto não viver as experiências na sua própria carne. Só quando processa os conhecimentos dentro do corpo é que os pode adquirir. Não há conhecimento que não tenha chegado ao cérebro sem passar pelos órgãos dos sentidos. Antes de saber que era mau comer o fruto proibido, o homem teve de perceber o poder do seu aroma, sofrer o desejo, saborear o prazer da dentada, estremecer com o som da casca arrancada, receber o pedaço dentro da boca, conhecer as suas redondezas, os seus sucos, a suave textura que lhe acariciava o esófago, o estômago, os intestinos. Quando Adão comeu a maçã, a sua mente abriu-se a novos conhecimentos. Quando os seus intestinos a digeriram, o seu cérebro chegou à compreensão de que andava nu no Paraíso. E quando sofreu as consequências de ter adquirido a sabedoria dos Deuses que o haviam criado, soube do seu engano. Nunca teria sido suficiente dizer-lhe que não podia comer da Árvore do Bem e do Mal. Não há forma de os seres humanos aceitarem um raciocínio *a priori*. Têm de vivê-lo plenamente. E quem lhes proporciona essas experiências? Os Anjos-da-Guarda? Não senhor, nós, os Demónios. Graças ao nosso trabalho, o homem sofre. Graças às provas que lhes pomos ele pode evoluir. E que recebemos em troca? Rejeição, ingratidão, desagradecimento. Paciência, a vida é assim. Coube-nos desempenhar o papel de maus. Alguém tinha de desempenhá-lo. Alguém tinha de ser o mestre, o corrector, o guia do homem na escuridão. E garanto-lhes que não é fácil. Educar dói. Aplicar a pena, o castigo, a condenação, é uma picada constante. Ver o homem sofrer eternamente por nossa culpa é um penoso tormento. Nada o alivia. Nem sequer saber que é para seu bem. Isso não afugenta o sofrimento. Seria tão agradável pertencer ao grupo dos que aliviam, dos que consolam, dos que enxugam as lágrimas, dos que dão o abraço protector. Mas então, quem faria evoluir o homem? A letra com sangue entra, e alguém tem de dar o golpe. O que seria da corda de um piano se ninguém batesse na tecla? Nunca conheceríamos o belo som que ela pode produzir. Às vezes há que violentar a matéria para que se apresente a sua formosura. É à base de golpes de cinzel que um pedaço de mármore se converte numa obra-prima. Há que saber bater sem piedade, sem remorsos, sem medo de deitar fora os pedaços de pedra que impedem que a peça mostre o seu esplendor. Saber produzir uma obra de arte é saber tirar o que estorva. A criação utiliza o mesmo processo. No ventre materno, as próprias células sabem pôr-se de lado, suicidam-se para que outras existam. Para que o lábio superior se possa separar do lábio inferior, tiveram de morrer as milhares de células que os uniam. Se não fosse assim, como poderia o homem falar, cantar, comer, beijar, suspirar de amor? Infelizmente, a alma não tem a mesma sabedoria que as células. É um diamante em bruto que, para ficar polido, precisa das pancadas que o sofrimento proporciona. Depois de tantas, já podia ter aprendido e deixar de resistir ao castigo. Recusa-se a ser a célula que se suicida para que a boca se abra e fale por todos. O mesmo acontece com os seres humanos. Não gosta de ser a pedra que se deita fora para que apareça uma escultura. Então não há outro remédio senão pô-los de parte para benefício da humanidade. Os indicados para o fazerem são os violentadores da matéria: esses seres que não respeitam o lugar nem a ordem das coisas. São aqueles que não ficam maravilhados perante a vida, nem se sentam a contemplar a beleza de um entardecer. Aqueles que sabem que o mundo pode ser transformado para seu benefício pessoal. Que não há limites que não possam ser ultrapassados. Que não há ordem que não possa ser desarrumada. Que não há lei que não possa ser reformada. Que não há virtude que não possa ser comprada. Que não há corpo que não possa ser possuído. Que não há códices que não possam ser queimados. Que não há pirâmides que não possam ser destruídas. Que não há opositor que não possa ser assassinado. Esses seres são os nossos melhores aliados, e de todos eles Isabel é a rainha. É a mais impiedosa, desumana, ambiciosa, cruel e sublimemente obediente de todos os violentadores. Os seus brutais golpes, executados com virtuosismo, produziram os mais belos sons musicais. Graças ao facto de ter exercido a tortura, muitas pessoas receberam os beijos e as bênçãos de Luzbel. Graças às guerras que promoveu, produziram-se grandes avanços no campo da ciência e da tecnologia. Graças ao facto de ter praticado a corrupção, os homens puderam exercer a generosidade. Graças ao seu uso e abuso dos privilégios que o poder dá, à sua falta de respeito, à imposição das suas ideias, ao seu controlo de cada um dos actos das pessoas ao seu serviço, os seus empregados alcançam a iluminação e o conhecimento.

Para que uma pessoa aprenda o valor que têm as pernas, é necessário que alguém lhas corte. Para que alguém saiba o valor do consolo, tem de precisar dele. Para que alguém dê valor ao apoio e aos beijos da mãe, precisa de estar doente. Para que alguém saiba o que é a humilhação, tem de ser humilhado. Para que alguém saiba o que é o abandono, tem de ser abandonado. Para que alguém dê valor à solidariedade, precisa de cair em desgraça. Para que alguém saiba que o fogo queima, tem de ser queimado. Para que alguém aprenda a dar valor à ordem, tem de sentir os efeitos do caos. Para que o homem dê valor à vida no Universo, primeiro tem de aprender a destruí-la. Para que o homem recupere o Paraíso, primeiro tem de recuperar o Inferno e, sobretudo, amá-lo. Pois só amando o que se odeia se evolui. Só se chega a Deus através dos demónios. Azucena, portanto, deveria estar mais do que agradecida por estar no destino da minha querida Isabel, pois em breve, muito em breve, a vai pôr em contacto com Deus.

Gocemos, oh amigos,
haya abrazos aquí.
Ahora andamos sobre la tierra florida.
Nadie habrá de terminar aquí
las flores y los cantos,
ellos perduran en la casa del Dador de la vida.

Aquí en la tierra es la región de momento fugaz.
También es así en el lugar
donde de algún modo se vive?
Allá se alegra uno?
Hay allá amistad?
O sólo aquí en la tierra
hemos venido a conocer nuestros rostros?

Ayocuan Cuetzpaltzin. *Trece Poetas del Mundo*
Azteca, Miguel León-Portilla

Na mesma medida em que a sua casa se enchia de flores e faxes de felicitações, o coração de Isabel enchia-se de medo. A vida não podia ter-lhe dado maior prémio do que ser eleita candidata americana à presidência do Planeta. O seu sonho tornado realidade. Sempre quis estar no cume do poder, sentir o respeito e a admiração de todos. E agora que o conseguira estava aterrada. Um medo inexplicável impedia-a de saborear o seu triunfo. E quanto mais pessoas lhe demonstravam o seu apoio, mais ameaçada se sentia, pois, como era lógico supor, qualquer pessoa gostaria de estar na sua posição. Sabia-se invejada, observada e muito, mas mesmo muito vulnerável. Considerava todos os que a rodeavam como seus possíveis inimigos. Sabia que o ser humano era corruptível por natureza e não confiava em ninguém. Qualquer um podia traí-la. Por isso tinha começado a extremar as suas precauções. Dormia com a porta fechada à chave. Detectava todo o tipo de cheiros estranhos que só ela captava. Tornara-se hipersensível aos sabores. Enfim, sentia um perigo real e constante no mundo externo e estava convencida de que tinha o Universo inteiro contra ela. Enquanto não tivera nada a perder vivera mais ou menos tranquila, mas agora que estava prestes a ter tudo tremia como uma papoila ao vento. Como quando era menina e não conseguia caminhar no escuro pois sentia que o papão a podia atacar pelas costas. Esta sensação era a mesma que tinha quando via cenas de amor nos filmes. Sabia que a maioria delas antecediam uma infelicidade e então, em vez de desfrutar os beijos que os amantes davam, a sua vista andava saltitando por todo o ecrã à espera do momento em que o punhal entrasse em cena e se enfiasse nas costas do noivo. O mesmo acontecia com a música. Como sabia que a música de medo era companheira inseparável de todo o tipo de horrores, em vez de saborear o tema de amor, estava sempre muitíssimo atenta para captar a mínima variação na melodia para fechar os olhos e evitar o sobressalto na alma. Toda a gente sabia que aquele tipo de angústias eram muito más para a saúde. Tanto era assim que a Secretaria de Salubridade e Assistência acabava de proibir a inclusão de música de terror nos filmes porque afectava tremendamente o fígado dos espectadores. Isabel aplaudira com entusiasmo aquela medida. Só lamentava que na vida real não existisse um organismo que regulasse a participação da tragédia na vida diária, que evitasse que de um momento para o outro o som dos sinos de festa se convertesse no da sirene duma ambulância que avisasse a população da chegada do horror para que Isabel pudesse fechar os olhos a tempo. Porque na situação em que a vida a colocara, andava em permanente incerteza e com o Credo na boca. Toda a gente queria vê-la, cumprimentá-la, entrevistá-la, estar perto dela, ou seja, do poder. Isabel tinha de enfrentar a situação, e com os olhos bem abertos. Tinha que ser muito cuidadosa. Não confiar em ninguém. Não deixar o menor cabo solto ao qual se pudessem agarrar os seus inimigos para a destruírem. Tinha de estar alerta e não tentar o coração caso fosse necessário. É claro que com isso não havia problemas. Se fora capaz de eliminar a sua própria filha, podia fazê-lo também com qualquer pessoa que se interpusesse no seu caminho.

A sua filha nascera na Cidade do México a 12 de Janeiro de 2180, às 21 horas e 20 minutos. Era do signo Capricórnio com ascendente em Virgem. O seu mapa astrológico indicava que ia ter muitos problemas com a autoridade devido ao facto de ter uma quadratura entre os planetas Saturno e Úrano. Saturno representa a autoridade e Úrano a liberdade, a rebeldia. Além disso, a posição de Úrano no signo de Carneiro é terrivelmente afirmativa, de forma que, se decidisse ficar do contra fá-lo-ia a sério, às vezes de forma impulsiva e irresponsável. A posição de Úrano na casa VIII do crime indicava a possibilidade de ela se envolver em actividades ocultas e ilegais só para se pôr contra a autoridade.

Com todas as subversivas características que aquela menina tinha, poder-se-ia esperar que quando crescesse se convertesse num verdadeiro piolho ladro, sobretudo para Isabel, que sempre tivera nos seus planos ocupar a Presidência Mundial. Bem, não era só um simples sonho; o seu mapa astral assim o indicava e garantia, além disso, que, quando isso acontecesse, chegaria por fim uma época de paz para a humanidade. Por isso Isabel não quis ter a filha como inimiga, e antes que pudesse sentir afecto por ela mandara-a desintegrar durante cem anos a fim de evitar que o positivo destino da humanidade fosse alterado.

Às vezes pensava nela. Se tivesse vivido, como seria? Seria bonita? Parecer-se-ia com ela? Seria magra, ou gorda como Carmela, a sua outra filha? Pensando bem, talvez tivesse sido melhor desintegrar também Carmela. Só a fazia passar por autênticas vergonhas. Por exemplo, naquela manhã a primeira coisa que Isabel fez quando acordou foi acender a televirtual para ver se estavam a transmitir a entrevista que lhe tinham feito quando a nomearam candidata à Presidência do Planeta e, efectivamente, estavam a transmiti-la. Foi muito agradável ver-se a três dimensões no seu próprio quarto. Que satisfação pensar que estivera presente em todas as casas do mundo! Disseram-lhe que fora vista por milhões e milhões de pessoas. A única coisa má foi o facto de Abel Zabludowsky ter pensado em entrevistar Carmela. Que vergonha! A porca da sua filha também entrara em todos os lares. Só esperava que tivesse cabido nos quartos sem a afastar a ela. Aquilo, sim, era roubar câmara! Que horror! Que estariam a pensar dela as pessoas? Que era uma má mãe que não punha a filha a fazer dieta. Que pena! Não sabia o que fazer com ela doravante. Estava

à espera de uma infinidade de pessoas que vinham ao «beija-
-mão». No pátio preparavam-se para a comida que ia oferecer à
imprensa e não queria que a filha aparecesse em lado nenhum.
Mas como escondê-la? Depois de ter aparecido no noticiário, todos iriam perguntar por ela. Tinha de pensar nalguma coisa. A
voz da filha interrompeu os seus pensamentos.

— Mamã, posso entrar?
— Sim, podes.

A porta do seu quarto abriu-se e apareceu Carmela. Vinha
muito arranjada para a refeição. Vestira um belo vestido de renda.
Queria estar o melhor possível num dia tão especial para a sua mãe.

— Tira esse vestido!
— Mas... é o melhor que tenho...
— Pois pareces uma empada vestida. Fica-te pessimamente.
Como é que tiveste essa ideia de te vestires de branco estando
assim tão gorda?
— É que a refeição é de dia e tu disseste-me que o preto é
só para a noite.
— Lembras-te muito bem do que digo quando te convém,
não é verdade? Mas, e quando tens de seguir as minhas ordens?
Vai-te mudar! E quando voltares traz a mala que vais levar para
ver se combina com o teu vestido.
— Não tenho mala preta.
— Então arranja uma. Não vais descer sem mala na mão. Só
as prostitutas é que andam sem mala. É isso que queres, parecer
uma puta? O que é que pretendes? Deixar-me ficar mal vista?
— Não.

Carmela não conseguiu conter mais tempo o choro. Tirou da
mala um lenço de usar e deitar fora e limpou as lágrimas que
corriam pelo seu rosto.

— O que é isso? Não tens lenços de pano? Como é que andas sem nenhum? Quando é que viste uma princesa assoar-se a lenços de usar e deitar fora? Doravante tens de aprender a comportares-te à altura da situação em que me encontro. E vai-te embora que já me chateaste!

Carmela deu meia volta e antes que chegasse à porta Isabel deteve-a.

— E lembra-te de te esconderes das câmaras.

Isabel estava furiosa. Não podia ver a juventude. Sentia que os jovens queriam sempre levar a sua avante, desobedecer, impor os seus gostos, desafiar a autoridade, ou seja, ela. Não percebia por que motivo toda a gente tinha esse tipo de problemas com a sua pessoa. Não a podiam ver numa posição superior sem quererem rebelar-se imediatamente. Aliás, o mais indicado era ir ver se os seus empregados tinham arranjado o pátio e posto as mesas tal como ela ordenara.

O pátio parecia uma colmeia de abelhas histéricas. Uma infinidade de trabalhadores iam de um lado para o outro às ordens de Agapito, o homem de confiança de Isabel. Agapito tivera de se esforçar mais do que nunca para agradar à sua chefe, pois dispusera de muito pouco tempo para coordenar uma refeição tão importante. Realmente Isabel não devia tê-la dado. Fora nomeada candidata apenas há vinte e quatro horas e era lógico que não estivesse preparada para receber tanta gente em sua casa, mas ela quisera impressionar toda a gente com o seu aparelho organizativo. Agapito encarregara-se com muita eficiência de que tudo estivesse perfeito. As mesas, as toalhas, os arranjos florais, os vinhos, a comida, o serviço, os convites, a imprensa, a música, tudo, mesmo tudo, fora coordenado por ele. Nem um pormenor lhe escapara. Nas mãos trazia todos os recortes de imprensa com a notícia da nomeação e a lista de todas as pessoas que tinham telefonado para felicitar Isabel. Sabia perfeitamente que a primeira coisa que ela iria querer saber era quem estava do seu lado e quem ainda não se manifestara a favor para o pôr na sua lista de inimigos. Assim que viu Isabel vir ao seu encontro sentiu-se invadido por uma sensação de impaciência. Necessitava urgentemente duma felicitação da sua patroa. Esforçara-se até ao cansaço para que tudo estivesse perfeito e em ordem. Isabel percorreu o pátio com o olhar. Tudo parecia estar tal como ela esperava, mas, de repente, a sua vista tropeçou nos restos duma pirâmide que lutava para vir à superfície justamente no meio do pátio. Não era a primeira vez que se apresentava este problema e não era a primeira vez que Isabel a mandara tapar. Não lhe convinha nada que o governo soubesse que sob a sua casa se encontrava uma pirâmide pré--hispânica. O que se fazia nestes casos era a nacionalização da propriedade por parte do Estado. Se isto acontecesse, os arqueólogos dedicar-se-iam a fazer escavações que trariam à luz parte do passado de Isabel, que ela desejava que ficasse muito, mas mesmo muito enterrado.

— Agapito! Porque é que não taparam a pirâmide?

— Pois... porque... pensámos que era bom para a sua imagem que vissem a sua preocupação pelas coisas pré-hispânicas...

— Pensámos? Quem?

— Pois... os rapazes e eu...

— Os rapazes! Os rapazes são uns idiotas que não podem pensar por si próprios e estão sob as tuas ordens. Se eles tiverem mais poder que tu, para que preciso eu de ti? Vou ter de contratar outro que possa mandar neles e a quem eles obedeçam!

— Bom, obedecerem-me eles obedecem... A decisão foi mais só minha...

— Pois estás despedido na mesma.

— Mas... porquê?

— Como porquê? Porque já estou cansada de brincar à escolazinha com alunos tarados. Já te disse milhares de vezes que quem não fizer o que eu disser está tramado.

— Mas eu fiz o que a senhora mandou.

— Eu nunca disse que deixasses aquela pirâmide ali.

— Mas também não me disse que a tapasse. Não é justo que me despeça por esse engano, quando tudo o resto está perfeitamente, como pode ver...

— A única coisa que eu vejo é que tu não és um profissional e que eu quero que te vás embora imediatamente. Diz a Rosalío que fique no teu lugar.

— Rosalío não está.

— Não está? Para onde foi?

— Foi ao centro...

Isabel ficou entusiasmada com a resposta e perguntou em segredo a Agapito.

— Ver se arranja o meu chocolate?

— Não, a senhora deu-lhe licença para ir meter os papéis na Procuradoria da Defesa do Consumidor.

— Pois despede-o também a ele. Já estou farta de todos!

Isabel parou de gritar e pôs o seu ensaiado sorriso *charming* assim que viu entrar Abel Zabludowsky com a sua equipa e as câmaras. O terror invadiu-a. Tê-la-ia ouvido gritar? Esperava que não. Não era nada adequado para a sua imagem. Passou um braço pelos ombros de Agapito e fingiu estar a brincar com ele, não fosse o diabo tecê-las. De repente, o seu coração deu um pulo. Carmela vinha a caminho carregando com os seus trezentos quilos. Tinha de impedir que a entrevistassem novamente e também que Abel Zabludowsky visse a ponta da pirâmide.

Agapito, muito lesto, adivinhando o seu pensamento, sugeriu uma ideia genial que fez que recuperasse o seu lugar e a confiança que Isabel depositara nele.

— O que é que acha se sentarmos Carmela em cima da ponta da pirâmide e lhe dissermos que não se pode mover dali?

E foi assim que Carmela, a exuberante, de mala preta na mão, salvou a mãe de que alguém soubesse que o pátio da sua casa estava prestes a parir uma pirâmide.

Azucena regressara a sua casa a pé. Ao caminhar recuperava a tranquilidade mental. Na esquina da rua onde vivia viu que Cuquita ia a entrar para o seu prédio. Admirou-se muito que ainda estivesse a chegar, pois saíra dos escritórios do Quadro Astral muito antes dela. Quando viu que trazia uma cesta das compras encontrou uma razão justificada... de certeza que fora ao mercado antes de voltar a casa. Cuquita, ao longe, também viu Azucena e não gostou nada. Tentou entrar o mais depressa possível para não se encontrar com ela, mas foi impedida pelo corpo seboso do seu bêbedo marido que estava deitado a toda a largura da porta. Isto não era nada estranho. Na prática o seu esposo era parte da cenografia do bairro, e ninguém se admirava quando o via todos os dias deitado no chão todo vomitado e cheio de moscas. Os vizinhos já tinham apresentado uma queixa na Salubridade e Assistência e Cuquita já fora avisada que não podia deixar que o seu esposo utilizasse a rua como quarto de dormir. «Pobre Cuquita!», pensou Azucena. Tinha razões para querer mudar de esposo. Mas bem, algo de grave devia ter feito noutras vidas para ter de carregar com aquele carma. Do sítio onde estava, Azucena viu como Cuquita procurava arrastar o esposo para dentro do edifício, e como o esposo ficou agastado e começou a dar uma enorme tareia a Cuquita. Azucena ficava furiosa com aquele tipo de injustiças. Não conseguia evitar que o sangue lhe subisse ao cérebro e se convertesse numa força desenfreada da natureza. Em menos de um abrir e fechar de olhos foi até junto do casal em discórdia, puxou o marido de Cuquita pelos cabelos, lançou-o contra a parede e logo a seguir deu-lhe um enorme pontapé nos tomates. Para concluir deu-lhe um gancho no fígado e, já no andar, uma boa dose de pontapés com os quais descarregou toda a sua raiva contida. Azucena ficou esgotada, mas com uma grande sensação de alívio. Cuquita não sabia se beijar-lhe a mão ou ir a correr levantar o conteúdo da cesta das compras que caíra nas escadas. Optou por lhe agradecer rapidamente e começou a apanhar as suas coisas antes que alguém as visse. Azucena apressou-se a ajudá-la e ficou muitíssimo surpreendida quando viu que dentro da cesta não havia fruta nem legumes, mas sim uma quantidade impressionante de virtualivros.

Uns meses antes, Cuquita pedira-lhe ajuda para a aquisição dos mesmos. A sua avó era cega e ficava desesperada por não poder ler nem ver televirtual. Acabava de ser posto no mercado uma invenção sensacional de filmes para cegos. Eram umas lentes muito simples que enviavam impulsos eléctricos para o cérebro sem necessidade de passar pelos olhos e faziam com que os cegos «vissem» filmes virtualizados com a mesma clareza que as pessoas que dispunham do sentido da visão. A avó de Cuquita foi a primeira a meter o seu requerimento para adquirir o aparelho e a primeira a ser indeferida. Não podia ter aqueles prazeres já que a sua cegueira era cármica, pois quando fora militar argentino deixara cegas várias pessoas durante as suas torturas. Cuquita, ao vê-la chorar dia e noite, atrevera-se a pedir a Azucena uma carta de recomendação onde dissesse que ela era a astranalista da senhora e que certificava que ela já tinha pago os seus carmas como «gorila», o que não era verdade. Azucena, como é óbvio, recusara--se. Ia contra a ética da sua profissão fazer uma coisa assim. Mas, para seu espanto, Cuquita fora avante com a sua e conseguira-os. Azucena estava curiosa por saber como o conseguira. A quem teria subornado? Cuquita não lhe deu tempo de supor nada. Foi até ela a correr, tirou-lhe um dos virtualivros das mãos e guardou--o rapidamente na cesta. Logo a seguir, dirigiu-se a ela numa atitude profundamente desafiadora.

— Não me diga que me vai *enunciar*?
— *Enunciar* o quê?
— Não finja! Só a aviso que se disser à polícia eu sou capaz de tudo! Eu para defender a minha família...
— Ah! Não, não se preocupe, não a vou denunciar... Mas olhe, por favor, diga-me se onde os comprou também vendem compactos.

Cuquita surpreendeu-se muito de ver o interesse de Azucena. Não parecia ter vontade de traí-la mas sim de tirar proveito da informação. O brilho que havia nos seus olhos assim lho indicava, e sem pensar mais decidiu confiar nela.

— Este... sim... mas o que acontece é que é muito perigoso comprá-los porque são completamente *integrais*. Já estou a avisá-la!
— Não me importo. Diga-me onde, por favor. Preciso urgentemente de conseguir um!
— No mercado negro que há em Tepito.
— E como vou até lá?
— O quê! Nunca foi lá?
— Não.

— Bolas! Pois o mais *louvável* é que se perca, porque é complicadíssimo ir até lá. Eu acompanhava-a, mas a minha avó está à minha espera para eu lhe dar de comer... Se quiser vamos amanhã.
— Não, obrigada, preferia ir já hoje.
— Está bem, é consigo. Vá até Tepito e lá pergunte.
— Obrigada.

Azucena levantou-se como uma mola e sem se despedir de Cuquita foi a correr até à cabina aereofónica da esquina para ir até Tepito. Em apenas uns segundos, Azucena já estava no coração da Lagunilla. A porta do aerofone abriu-se e apareceu diante dela uma multidão que lutava à cotovelada para utilizar a cabina que ela ia desocupar. Com dificuldade conseguiu passar por entre todos eles e iniciou o seu percurso por Tepito. Por entre um mundo de gente, dirigiu-se antes de mais aos lugares onde vendiam antiguidades. Cada um dos objectos exercia um feitiço sobre a sua pessoa. Imediatamente se interrogou a quem teriam pertencido, em que lugar e em que época. Passou por várias lojas atulhadas de jantes, carros, aspiradores, computadores e demais objectos em desuso, mas em lado nenhum via compactos. Por fim, numa das lojas viu um aparelho modular de som. De certeza que ali podia encontrá-los. Aproximou-se, mas naquele momento o «tagarela» não podia atendê-la. Estava a discutir com um cliente que queria comprar uma cadeira de dentista com tudo e um jogo de pinças, seringas e moldes para amostras dentais. Azucena não percebia como era possível que alguém se interessasse por comprar um aparelho de tortura como aquele, mas enfim, neste mundo há gostos para tudo. Esperou um bocado que terminasse a operação regateio, mas os dois homens eram igualmente néscios e nenhum deles queria ceder. Houve um momento em que o «tagarela», aborrecido com a discussão se voltou e perguntou a Azucena o que queria ela, mas Azucena não pôde pronunciar qualquer palavra. Não se atreveu a perguntar em voz alta pelo mercado negro de compactos. Para não cair logo no ridículo, perguntou o preço duma bonita colher de prata. Atrás de si ouviu a voz duma mulher a dizer: «Esta colher é minha. Eu tinha-a de lado.» Azucena virou-se e deu de caras com uma atraente mulher morena que reclamava a colher que ela tinha na mão. Azucena entregou-lha e desculpou-se dizendo que não sabia que já tinha dona. Deu meia volta e retirou-se profundamente frustrada. Existia um enorme abismo entre a certeza de que havia um mercado negro e a possibilidade de entrar em contacto com as pessoas que o controlavam. Não tinha a menor ideia de como agir, que perguntar, para onde ir. Isso de ser evoluída e não andar em negócios turvos tinha as suas grandes inconveniências. O melhor seria regressar outro dia acompanhada por Cuquita.

Azucena começou a procurar o caminho de saída por entre a imensidão de lojas quando de repente ouviu uma melodia que vinha de um lugar especializado em aparelhos modulares, rádios e televisores. Dirigiu-se imediatamente para lá. Quando chegou, a primeira coisa que lhe chamou a atenção foi o letreiro «Música Para Chorar», e em baixo, em letras minúsculas: «Autorizada pela Direcção Geral de Saúde Pública.» Apesar de tudo ali parecer muito legal, Azucena pressentia que naquela loja encontraria o que procurava. A música, efectivamente, fazia chorar. Mexia com a nostalgia de cada um e atava-lhe as lembranças. Ao ouvi-la, Azucena recordou o que sentira quando se converteu num só ser com Rodrigo, o que significava ultrapassar as barreiras da pele e ter quatro braços, quatro pernas, quatro olhos, vinte dedos e vinte unhas para com elas rasgar o Hímen de entrada no Paraíso.

Azucena chorou desconsoladamente diante do antiquário. O antiquário observou-a com ternura. Azucena, cheia de pena, enxugou as lágrimas. O antiquário, sem lhe dizer uma palavra, tirou o compacto do aparelho modular e deu-lho.
— Quanto é?
— Nada.
— Nada, como? Compro-lho...
O antiquário sorriu amavelmente. Azucena sentiu como se estabelecia entre eles uma corrente de simpatia.
— Ninguém pode vender o que não é seu. Nem receber o que não mereceu. Leve-o, pertence-lhe.
— Obrigada.
Azucena pegou no compacto e guardou-o na mala. Teve receio de dizer ao antiquário que também precisava de um aparelho electrónico para poder ouvi-lo, porque de certeza que aquele homem, ao mesmo tempo tão conhecido e desconhecido, ter-se-ia oferecido para oferecer-lhe o aparelho e isso, a verdade é essa, já era muita fruta. Antes de se retirar, a mulher morena da colher de prata, aproximou-se para cumprimentar o antiquário. «Olá, Teo!» O antiquário recebeu-a com um abraço. «Minha querida Citlali, que prazer ver-te!» Azucena, sem dizer palavra, afastou-se e deixou o casal a falar animadamente. Algumas lojas mais adiante comprou um discman para ouvir o seu compacto e depois dirigiu-se para a cabina aereofónica mais próxima. Tinha urgência em chegar a casa para poder ouvir a música. Sentia-se como uma criança com um brinquedo novo. Quando chegou ao lugar onde estavam as cabinas aereofónicas quase desmaiou. Diante de todas elas havia uma multidão amontoada tentando entrar. Azucena conseguiu avançar à cotovelada e chegar à sua meta num tempo recorde: meia hora. Mas a sua boa sorte embaciou-se com o em-

purrão que lhe deu um homem de grande bigode que tentou entrar na cabina antes dela. Azucena enfureceu-se novamente perante mais aquela injustiça. Com o rosto transformado pela raiva, foi até ao homem e afastou-o com um puxão. O homem parecia estar muito desesperado. Transpirava com a mesma intensidade com que pedia clemência.

— Minha menina, deixe-me utilizar a cabina, por favor!
— Olhe, não! Agora é a minha vez. Eu demorei o mesmo que o senhor a chegar...
— O que é que lhe custa deixar-me? O que é que são trinta segundos mais ou trinta segundos menos? É isso o que eu vou demorar a deixar-lhe livre a cabina...

A multidão começou a assobiar e a procurar ocupar a cabina que aqueles dois estavam a desperdiçar indecentemente. Naquele preciso momento o bigodudo viu que a cabina ao lado acabava de ficar livre e, sem pensar duas vezes, meteu-se nela. Azucena, antes que fosse tarde demais, meteu-se dentro da sua e pronto.

Que horror! Era surpreendente ver o ser humano reagir duma forma tão animal em pleno século XXIII. Sobretudo se se tinham em conta os grande avanços que se tinham conseguido no campo da ciência. Enquanto Azucena marcava o seu número aereofónico, pensou como era agradável gozar dos avanços da tecnologia. Desintegrar-se, viajar no espaço e integrar-se novamente num abrir e fechar de olhos. Que maravilha!

A porta do aerofone abriu-se e Azucena ia entrar na sala do seu apartamento, mas não conseguiu, uma barreira electromagnética impediu-o. O alarme começou a tocar e Azucena apercebeu-se de que não estava no seu domicílio mas sim na sala duma casa alheia, onde um casal fazia amor desenfreadamente. Bom, pensando bem, os avanços da tecnologia no México não eram de muita confiança, porque as linhas aereofónicas cruzavam-se ou avariavam. Felizmente, nestes casos não havia perigo de morte. Mas de qualquer forma estes erros não deixavam de ser incómodos e chatos.

O casal de amantes, quando ouviu o alarme suspendeu abruptamente o acto amoroso. A mulher procurou compor a saia ao mesmo tempo que gritava: «O meu esposo!» Azucena não sabia o que fazer nem para onde dirigir o olhar. Passou-o por toda a divisão e, por fim, fixou-o num quadro pendurado na parede. E a voz saiu-lhe abafada. O homem bigodudo que estava na fotografia não era senão o mesmo bigodudo com quem acabava de brigar! Com razão o pobre queria chegar depressa a sua casa.

Azucena pensou que de certeza o bigodudo conseguira ainda marcar o seu número aereofónico antes de ela o tirar da cabina, e que por isso fora parar àquela casa. Azucena pulsou com desespero o seu número aereofónico. Nunca estivera numa situação tão vergonhosa. Tentou pedir desculpa antes de sair.

— Desculpe, número errado.
— Pois veja lá se repara! Estúúúpida!

A porta do aerofone fechou-se e abriu-se de novo poucos segundos depois. Azucena respirou aliviada quando viu que estava no seu apartamento. Ou melhor, no que restava dele. A sala estava em completa desordem. Havia móveis e roupa espalhados por toda a parte, e no meio do caos... o bigodudo, morto! Um fio de sangue saía-lhe dos ouvidos. Isto acontecia quando um corpo, ignorando o som do alarme, atravessava bruscamente o campo magnético de protecção duma casa que não era a sua. As células do seu corpo não se integravam correctamente e um excesso de pressão rebentava as artérias... Coitado! Então, o que na realidade se passara era que as linhas aereofónicas se tinham cruzado e com o desespero que aquele homem tinha para encontrar a sua mulher com as mãos na massa devia ter saído a toda a velocidade da cabina sem se aperceber do alarme... Mas, um momento! Azucena não deixara o alarme ligado! Continuava na esperança de algum dia Rodrigo regressar e não queria que ele tivesse problemas para entrar. Então, que teria acontecido? Além disso, porque havia tanta desordem no seu apartamento?

Azucena foi imediatamente revistar a caixa de registo do sistema de protecção de sua casa e descobriu que alguém metera a mão naquilo. Os fios estavam cruzados e mal ligados. Isso queria dizer que alguém tentara matá-la! Mas a falta de eficiência da Companhia Aereofónica salvara-lhe a vida. O cruzamento acidental das linhas entre as duas cabinas aereofónicas fizera com que aquele homem morresse em vez dela. O que era o destino! Devia a sua vida à falta de eficiência! Agora tinha novas perguntas. Porque tinham querido matá-la? Quem? Não sabia. Da única coisa que tinha a certeza era que quem quer que fosse trazia autorização para alterar o controlo-mestre do registo do edifício, e Cuquita era a única que tinha faculdades para o conseguir.

* * *

Azucena bateu à porta de Cuquita. Teve de esperar um momento antes que Cuquita lha abrisse, com lágrimas nos olhos. Azucena ficou triste por ter chegado num momento impróprio. Desde que o seu bêbedo esposo não lhe tivesse batido outra vez, tudo estava bem!

— Boa tarde, Cuquita.
— Boa tarde.
— Aconteceu-lhe alguma coisa?

— Não, estou a ver a minha telenovela.

Azucena esquecera-se completamente que Cuquita não prestava atenção a ninguém à hora da sua telenovela preferida: a versão moderna de *O Direito de Nascer*.

— Desculpe! Esqueci-me completamente... O que acontece é que tenho urgência em saber quem é que veio arranjar o meu aerofone...

— Pois quem havia de ser, os da companhia aerofónica!

— E traziam uma ordem?

— Pois claro! Eu não ando a deixar entrar ninguém sem mais nem menos.

— E não disseram se voltavam?

— Sim, disseram que amanhã vinham terminar o trabalho... e se não tiver mais perguntas eu gostaria muito que me deixasse ver a minha telenovela...

— Sim, Cuquita, perdoe-me. Obrigada e até amanhã.

— Mmmm!

A porta a bater com força que Cuquita lhe fechou na cara atingiu-a com a mesma força que a palavra «Perigo!» no seu cérebro. Os supostos aerofonistas supunham que ela supostamente tinha morrido. E é claro que esperavam ir recolher o seu cadáver no dia seguinte e, supostamente, sem qualquer problema. Filhos de suposta mãe! No dia seguinte voltariam, mas a que horas? Cuquita não lho dissera, mas se lhe batesse outra vez à porta matava-a. O mais provável era aqueles homens virem em horas de trabalho, porque se faziam passar por trabalhadores da Companhia Aereofónica. Bem, tinha toda a noite para organizar a sua mente e delinear uma estratégia de defesa. Para já, tinha de se ver livre do bigodudo.

Azucena regressou rapidamente ao seu apartamento e procurou no bolso das calças do cornudo o seu bilhete de identificação pessoal. Depois, marcou o número aereofónico que encontrou nele, meteu o bigodudo na cabina e mandou-o de volta a casa. Não havia dúvida que, se aquele não fora um dia de sorte para aquele homem, fora sim o dia das surpresas desagradáveis para a sua esposa! Que cara ela iria fazer quando o visse! E Azucena não queria saber nada da culpa que a atacaria depois. Bem, mais uma vez ela tinha de estar a meter-se no que não lhe dizia respeito! Era por causa duma deformação profissional que sempre se preocupava com os efeitos traumáticos que as tragédias tinham nos seres humanos.

Sentia muita pena por aquele homem que trocara o seu destino com o dela. Estar-lhe-ia agradecida para sempre. Tinha-a salvo da morte. Mas agora quem a salvaria do perigo em que estava? Se pelo menos aquele homem também tivesse trocado o seu corpo com ela, ter-lhe-ia feito o favor completo, pois os aerofonistas viriam, encontrariam o seu corpo inerte, considerá-la-iam como morta e ela poderia continuar à procura de Rodrigo mesmo que fosse dentro do corpo do bigodudo. Troca de corpos! O «candongueiro». Bingo! Azucena só tinha que apresentar-se bem cedinho na Procuradoria da Defesa do Consumidor e de certeza que encontraria o «candongueiro» que oferecia o serviço de transplante de alma para corpos sem registo. Sabia que aquilo representava entrar em cheio no terreno da ilegalidade, que estava a correr o risco de que ficassem a conhecer na secretaria de Quadro Astral as suas actividades ilícitas e lhe cancelassem a sua autorização para viver ao lado da sua alma gémea. Mas nesta altura Azucena já não tinha outra saída. Estava disposta a tudo.

* * *

Enquanto estava à espreita do «candongueiro», infiltrada na fila das pessoas que esperavam a abertura dos escritórios da Procuradoria da Defesa do Consumidor, Azucena não podia deixar de pensar em quem e porquê queria matá-la. Ela já pagara todos os seus carmas. Não tinha inimigos nem devia qualquer crime. Cuquita era a única que a detestava, mas não acreditava que ela fosse tão inteligente que fosse capaz de preparar uma morte tão sofisticada. Se tivesse tido a intenção de matá-la, ter-lhe-ia enterrado uma faca de cozinha nas costas há muito tempo. Então, quem seria? A desagradável imagem do «candongueiro» a dobrar a esquina interrompeu as suas cavilações. Azucena foi ao seu encontro. Assim que o «candongueiro» a viu chegar, sorriu maliciosamente.

— Então? Já mudou de opinião?
— Já.
— Siga-me.

Azucena seguiu o «candongueiro» durante vários quarteirões e pouco a pouco penetraram no bairro mais antigo e deteriorado da cidade. Penetraram naquilo que na aparência era uma fábrica de roupa e desceram à cave por umas escadas falsas. Azucena, horrorizada, entrou em contacto com o que era o tráfico negro de corpos.

Aquele negócio fora iniciado sem querer por um grupo de cientistas nos finais do século xx quando experimentou a inseminação artificial em mulheres estéreis. Esta era praticada da seguinte forma: primeiro extraía-se um óvulo da mulher através duma operação. Este óvulo era fecundado numa proveta utilizando o esperma do esposo. E quando o feto de proveta já tinha várias semanas, era implantado no ventre da mulher. Algumas vezes a mulher não conseguia reter o produto e abortava. Então era preciso repetir todo o processo. Como a operação cirúrgica era incómoda, os cientistas decidiram que em vez de extrair um óvulo, extrairiam vários ao mesmo tempo. Fecundá-los-iam todos igualmente, para no caso de fracassar a primeira tentativa de implantação, contarem com um feto sobresselente, da mesma mãe e do mesmo pai, pronto para ser introduzido no útero. Como nem todas as vezes era preciso utilizar um segundo e muito menos um terceiro feto, os que sobejaram foram congelados dando assim início ao banco de fetos. Com eles realizaram-se todo o tipo de experiências desumanas, até ao momento do grande terramoto. Desde esse tempo que o laboratório e o banco de fetos ficaram sepultados durante muitos anos debaixo de terra. Neste século, ao estar a fazer uma remodelação numa loja, descobriram os fetos congelados. Um cientista sem escrúpulos comprara-os e, com técnicas modernas conseguira desenvolver cada feto num corpo adulto. O negócio apresentava-se-lhe como ideal. O único ser capaz de implantar a alma num corpo humano é a mãe. Estes corpos não a tinham, portanto não tinham alma. Também não tinham registo, pois não tinham nascido em nenhum lugar controlado pelo governo. Por outras palavras, só esperavam que alguém lhes transplantasse uma alma para poder existir! E o «candongueiro» gostava imenso de realizar este tipo de «boas obras».

Azucena seguiu-o pelos tétricos corredores. Não sabia que corpo escolher. Havia de todos os tamanhos, cores e sabores. Azucena parou diante do corpo duma mulher que tinha uma pernas bonitas. Ela sempre sonhara ter umas boas pernas. As suas eram muito magras e, embora tivesse uma infinidade de virtudes intelectuais e espirituais para compensar esse defeito, sempre ficara com vontade de ter uma pernas esculturais. Azucena duvidou durante um minuto, mas como não tinha muito tempo para gastar em indecisões, pois os aerofonistas estavam prestes a chegar a sua casa, indicou rapidamente o corpo ao mesmo tempo que dizia «Aquele!» Assim que escolheu o corpo, pediu que lhe fizessem o transplante imediatamente. Isto aumentou os custos, mais nada. Na vida há coisas estranhas.

Num abrir e fechar de olhos, Azucena já estava dentro do corpo duma mulher loira, de olhos azuis e pernas boas. Sentia-se muito esquisita, mas não podia parar e reflectir sobre a sua nova condição. Pagou pelo seu serviço e conduziram-na a uma cabina aereofónica secreta donde enviou o seu antigo corpo para o seu apartamento. Nem sequer pôde despedir-se dele. Imediatamente depois, foi para a cabina aereofónica que ficava mais perto do seu domicílio. Queria chegar mais ou menos ao mesmo tempo que o seu corpo, pois precisava de estar presente quando os aerofonistas fossem recolher o seu cadáver para ver as caras dos seus inimigos. Tivera o cuidado de deixar os fios ligados tal como os encontrara. Desta forma, quando o seu velho corpo entrasse em sua casa «morreria» tal como os assassinos esperavam, e assim deixariam de incomodá-la.

* * *

Azucena estava parada na esquina da sua rua. Dali podia observar perfeitamente o movimento no seu prédio. Embora ela também fosse objecto de observação e não parasse de receber piropos dirigidos às suas pernas. Como é que era possível que a humanidade não tivesse evoluído em tantos milénios? Como era possível que um par de belas pernas continuasse a transtornar os homens? Ela era a mesma do dia anterior, não mudara nada, sentia o mesmo, pensava o mesmo, e no entanto no dia anterior ninguém lhe prestava atenção. Quanto mais tempo teria de passar para que os homens ficassem extasiados a contemplar o brilho da aura de uma mulher iluminada e santa? Quem sabe! Mas se continuasse mais tempo naquele sítio ainda se expunha a outro tipo de propostas. Decidiu entrar na *tortería* que ficava na outra esquina da sua rua, pois além de poder continuar dali a observar quem entrava e saía do seu prédio, podia também comer uma deliciosa *torta* cubana. De repente ficara com uma fome! Quem sabe se era por causa da angústia ou porque o seu novo corpo tinha urgência em se alimentar, mas a verdade é que estava morta por uma *torta*.

A sua entrada na *tortería* chamou a atenção de todos os homens. Azucena sentiu-se incomodada. Rapidamente atravessou aquele lugar e sentou-se ao pé da janela para não perder qualquer pormenor do que estava a acontecer lá fora. Assim que as suas pernas ficaram escondidas dos olhos de todos, a *tortería* voltou à sua rotina. A maioria dos clientes habituais era constituída por trabalhadores que viviam na Lua e que tinham que viajar muito cedo, antes que o canal das notícias iniciasse a sua programação. Então, nesta *tortería*, além de poderem tomar um delicioso pequeno-almoço, tomavam conhecimento do que acontecia no mundo. O mais agradável de tudo era os donos conservarem um ecrã de televisão do tempo da maria-cachucha, o que sempre era um enorme alívio, e muito mais naqueles momentos agitados. Os noticiários não faziam senão repetir e repetir o assassínio do senhor Bush, e era espantoso ver-se forçado pela televirtual a ficar dentro da cena do crime vezes a fio. Ouvir a detonação no ouvido, ver como entrava a bala na cabeça e depois ver como saía do cérebro juntamente com parte da massa cerebral, ver o senhor Bush cair no chão, ouvir os gritos, as corridas, reviver o horror. A maioria dos restaurantes tinham televirtuais ligadas todo o dia a pedido da população que tinha medo e queria saber minuto a minuto o que estava a acontecer. Azucena não sabia como aguentavam aquilo, como conseguiam comer no meio do cheiro a sangue, da pólvora, da dor. Pelo menos neste lugar, onde os donos se recusavam a ter televirtual, cada um podia decidir se via ou não via o que aparecia no ecrã. Azucena tinha bastantes motivos para se sentir triste e angustiada para reviver esse tipo de sofrimentos.

Azucena decidiu concentrar-se na visão do que acontecia no outro lado da rua enquanto os outros fregueses viam a televisão. As notícias não diziam nada de novo sobre as investigações do assassino do senhor Bush.

— A polícia continua no lugar dos factos recolhendo provas...

— Este cobarde assassínio abalou a consciência do mundo...

— O Procurador Geral do Planeta deu instruções aos elementos da Polícia Judiciária para se dedicarem totalmente às investigações que conduzam à localização do assassino...

— O Presidente Mundial do Planeta condena este atentado contra a paz e a democracia e promete à população que se agirá o mais depressa possível para se saber donde provêm e quem são os autores intelectuais deste reprovável atentado...

Azucena ouvia os apagados e receosos cochichos dos comedores de *tortas*. Todos pareciam estar muito alarmados, mas quando deram as notícias desportivas reanimaram-se imediatamente. O campeonato de futebol fazia que se esquecessem que tinha havido um assassínio e a sua maior preocupação era saber se o rapaz que era a reencarnação de Hugo Sánchez ia participar ou não. Na óptica de Azucena, o assassino ou os assassinos do candidato tinha planeado tudo de forma a coincidir com o campeonato interplanetário de futebol. Era incrível o poder de adormecimento de consciências que tinha o futebol! Naquele momento, o governador do Distrito Federal era entrevistado e estava a avisar a população de que não seriam autorizados festejos no Anjo da Independência. No dia do jogo Terra-Vénus desintegrariam o monumento durante uma semana para evitar excessos. As pessoas protestaram abertamente. Por entre as assobiadelas das pessoas e um «Ero» generalizado, quase ninguém conseguiu ouvir a entrevista que Abel Zabludowsky estava a transmitir da casa de Isabel González, a nova candidata à Presidência Mundial, que ostentava o título nobiliário de Ex-Madre Teresa, que obtivera na sua vida passada no século xx. No final da entrevista apareceu a imagem de uma gorda que ocupou todo o ecrã. Todos se interrogaram quem seria aquela gorda e ninguém conhecia a resposta, pois tinham perdido o fio da entrevista. A única pessoa que não se distraía dos seus assuntos era Azucena. A nave espacial da Companhia Aereofónica acabava de aterrar diante do seu edifício. Dois homens saíram dela. O mundo deixou de ter interesse para Azucena. Só existiam aqueles homens dos quais não tirava os olhos. No momento em que estava prestes a ver-lhes a cara, aterrou a nave do Palenque Interplanetário do seu vizinho, o compadre Julito, e tapou-lhe por completo a visão. Azucena ficou imensamente desesperada. Não podia ser! Um a um, desceram da nave do Palenque os membros de um grupo de *mariachis*. Azucena não conseguia ver nada porque os chapéus de *charro* tapavam-lhe toda a visão. O compadre Julito pareceu-lhe mais antipático que nunca. Azucena, a toda a pressa, pagou a sua *torta* e saiu dali. Agora não tinha outro remédio senão aproximar-se do prédio para observar os assassinos quando saíssem correr o risco de ser reconhecida. Mas que parva era ela! Não a podiam reconhecer porque tinha outro corpo. Azucena riu-se. A mudança de corpo foi tão rápida que ainda não o assimilara.

Azucena sentou-se nas escadas do prédio e esperou um momento. Poucos minutos depois, os aerofonistas saíram acompanhados por Cuquita, banhada num mar de lágrimas. Na porta despediram-se dela e disseram-lhe que lamentavam muito. Azucena ficou petrificada, não tanto por ver que a sua suposta morte afectara Cuquita até às lágrimas mas sim porque um dos aerofonistas assassinos não era senão a ex-bailarina que fora o seu ex-companheiro de fila na Procuradoria Da Defesa do Consumidor e que queria um corpo de mulher fosse como fosse. Não podia ser! Tinha-a matado para lhe tirar o corpo! Mas porque não o levara? De certeza que para continuar a farsa. Mas então Azucena já não percebia nada, pois agora o que se seguia era que a nave funerária de Gayosso recolhesse o seu corpo e o desintegrasse no espaço. Se os de Gayosso levassem o corpo, como se apoderaria dele a ex-bailarina? Teria contactos na funerária?

O compadre Julito começou a ensaiar *Sabor a mí* com o seu grupo de *mariachis*. A música fez com que Azucena suspendesse os seus pensamentos e desatasse a chorar. Ultimamente andava demasiado sensível à música… A música! Bem, na verdade andava mesmo parva! Com tanta confusão esquecera-se de trazer o seu compacto do apartamento. E se calhar naquele compacto estava a ópera que lhe tinham colocado durante o seu exame para entrar na CUVA. Agora, que tinha recuperado a lucidez, tinha de entrar no seu apartamento e já não podia. O seu novo corpo não estava registado no controlo-mestre. Mas tinha urgência em

recuperar o seu compacto! Por isso, sem pensar duas vezes, tocou à campainha da portaria. Cuquita respondeu pelo videofone.
— Quem é?
— Cuquita, sou eu. Por favor, abre.
— Quem é eu? Não a conheço.
— Cuquita... não vai acreditar mas sou eu... Azucena.
— Pois claro!
Cuquita pendurou o videofone. A sua imagem desapareceu do ecrã da entrada. Azucena voltou a tocar.
— Outra vez a senhora? Olhe, se não se for embora vou chamar a polícia.
— Está bem, fale lá. Eu acho que a polícia vai estar muito interessada em saber onde é que você compra os virtualivros para a sua avozinha.
Cuquita não respondeu. Ficara muda. Quem, raio, era aquela mulher que sabia daquilo dos virtualivros? Efectivamente, Azucena era a única que o sabia.
— Cuquita, por favor deixe-me entrar e digo-lhe tudo. Está bem?
Cuquita deixou logo entrar Azucena.

* * *

À medida que Azucena contava a sua história, Cuquita sentia-se cada vez mais perto dela. Já não a via como se fosse o inimigo, nem o ser superior que por definição tivesse de invejar. Pela primeira vez via-a tu a tu, apesar de ela pertencer a um partido político diferente: o dos evoluídos. A luta de classes entre elas fora sempre uma barreira. Recentemente agudizara-se por causa da nova norma emitida pelo governo que indicava que os evoluídos deviam trazer uma marca visível na aura: uma estrela de David à altura da testa. A intenção era identificar à partida o portador da estrela para que obtivesse um trato preferencial em toda a parte. Os evoluídos tinham direito a uma infinidade de benefícios. Para eles eram os melhores lugares nas naves espaciais, nos hotéis, nos centros de férias e, o mais importante, só eles tinham acesso a postos de confiança. Isso era lógico, ninguém iria pôr os cofres da Nação nas mãos de um não evoluído. Nesse caso o mais provável seria que, devido aos seus antecedentes criminosos e à sua falta de luz espiritual, acabasse roubando os cofres. Mas para Cuquita essa situação não era nada justa. Como é que os não evoluídos podiam abandonar a sua baixa condição espiritual se ninguém lhes dava a oportunidade de demonstrar que estavam a evoluir? Não era justo que, por causa de noutra vida terem matado um cão, fossem nesta catalogados como «mata-cães». Tinham de lutar pelo seu direito a exercer o livre arbítrio, e por isso tinha sido criado o PRI. Cuquita era uma activista muito entusiasta do seu partido, e a sua máxima aspiração era conseguir o direito a conhecer a sua alma gémea como a sua vizinha, a evoluída. Que inveja tivera dela no dia em que soube que ela encontrara Rodrigo! Mas o destino era assim, naquele momento estavam na mesma situação de abandono, de angústia e de desespero. O seu olhar suavizara-se, e comoveu-se até às lágrimas quando Azucena compartilhou com ela a sua história de amor. As duas, abraçadas como velhas amigas, prometeram mutuamente guardar silêncio. Nem Cuquita forneceria a informação sobre a verdadeira identidade de Azucena, nem Azucena falaria a ninguém sobre os virtualivros da avozinha de Cuquita. E já com confiança avançada, Cuquita atreveu-se a perguntar-lhe uma coisa: como é que ia fazer na segunda-feira, quando se apresentasse para meter os papéis em CUVA, para que a auriografia que lhe tinham tirado correspondesse à do seu novo corpo? Azucena ficou boquiaberta. Não tinha pensado nisso. Quando uma pessoa só está interessada em sobreviver perde a perspectiva geral dos problemas. Como é que faria? De repente lembrou-se que tinham fechado o postigo antes de ela entregar os papéis. Isso dava-lhe a oportunidade de tirar uma auriografia com o seu novo corpo em qualquer sítio e substituí-la pela da CUVA, e... e subitamente ficou sem cor no rosto. Tinha um novo corpo! Nunca pensou que ao fazer a troca de almas o microcomputador iria ficar dentro do seu antigo corpo. Esse é que era um grande problema! Sem aquele microcomputador não podia aproximar-se do edifício da CUVA. Fotografavam os pensamentos de todas as pessoas no raio de um quarteirão. Tinha que ir falar com o doutro Díez imediatamente. Tinha de instalar outro microcomputador na cabeça.

* * *

Azucena respirou antes de bater à porta do consultório do doutor Díez. Subira a pé os quinze andares. O aerofone do doutor não parava de tocar, ocupado. Estava de certeza avariado. E como ela não podia utilizar o aerofone do seu consultório porque o seu novo corpo não estava registado no campo electromagnético de protecção, teve de fazer a pé as escadas. Quando recuperou mais ou menos o alento, bateu à porta do seu querido vizinho. A porta estava aberta. Azucena empurrou-a e descobriu a causa pela qual a linha do doutor Díez estava ocupada: o corpo do doutor, ao morrer, caíra precisamente no meio da porta do aerofone interferindo no mecanismo que a fechava. O doutor morrera da mesma forma que o bigodudo. Azucena ficou sem respiração. O que é que estava a acontecer? Outro crime em menos de uma semana. Começou a tremer. E foi aí que ouviu a violeta sul-africana do doutor chorar baixinho. O doutor Díez tinha o mesmo costume de Azucena, deixava as suas plantas ligadas ao aparelho plantofalante. Azucena sentiu-se enjoada. Meteu-se na casa de banho e vomitou. Decidiu ir-se embora rapidamente. Não queria que a encontrassem ali. Saiu a correr depois de pegar na violeta sul-africana. Se a deixasse no consultório morreria de tristeza.

* * *

Azucena está deitada na sua cama. Sente-se só. Muito só. A tristeza não é boa companhia. Entorpece a alma. Azucena liga a televirtual mais para sentir alguém a seu lado do que para ver o que acontece. Abel Zabludowsky aparece imediatamente ao lado dela. Azucena encolhe-se a seu lado. Abel, como imagem televirtuada que é, não sente a presença de Azucena, pois ele realmente não está ali, mas sim no estúdio da televirtual. O corpo que aparece no quarto de Azucena é uma ilusão, uma quimera. Azucena, de qualquer modo, sente-se acompanhada. Abel fala sobre a grande trajectória do ex-candidato à Presidência Mundial. O senhor Bush era um homem de cor, proveniente de uma das famílias mais proeminentes de Bronx. Passara a sua infância dentro desta colónia residencial. Frequentara as melhores escolas. Desde criança que mostrara uma inclinação natural para o serviço público. Desempenhara uma infinidade de actividades de carácter humanista, etc, etc, etc. Mas Azucena não ouvia nada. Não lhe interessa o que Abel esteja a dizer naquele momento. O que lhe interessa é saber quem e porquê matou o doutor Díez. A morte do doutor afectou-a muito. Não só porque era um bom amigo mas também porque sem a sua ajuda ela nunca poderá entrar para CUVA, e isto significa o fim da esperança de encontrar Rodrigo. Rodrigo! Parece-lhe tão distante o dia em que partilhou aquela mesma cama com ele. Agora tem de o fazer com Abel Zabludowsky, que não é senão um patético e ilusório substituto. Rodrigo era muito diferente. Tinha os olhos mais profundos que ela tinha conhecido, os braços mais protectores, o tacto mais delicado, os músculos mais firmes e sensuais. A vez em que esteve nos braços de Rodrigo sentiu-se protegida, amada. Viva! O desejo inundou cada uma das células do seu corpo, o sangue martelou as suas têmperas com paixão, o calor invadiu-a exactamente... exactamente como aquele que estava a sentir agora nos braços de Abel Zabludowsky. Azucena abriu os olhos, assustada. Como é que podia estar assim tão excitada! O que é que lhe estava a acontecer? O que acontecia era que, efectivamente, estava encolhida em cima do corpo de Rodrigo, e Abel Zabludowsky tinha desaparecido. Só se ouvia a sua voz alertando a população.

— O homem que todos vós estais a ver é o presumível cúmplice do assassino do senhor Bush e é procurado pela polícia.

No ecrã apareceu um número aerofónico para que quem o identificasse entrasse imediatamente em contacto com a Procuradoria Geral do Planeta. Azucena deu um salto. Não era possível! Aquilo era uma mentira. Uma vil mentira! Rodrigo esteve com ela no dia do assassínio. Ele nada tivera a ver com aquele crime. De qualquer forma estava muito grata por o terem confundido com o criminoso em questão, pois dessa forma pôde desfrutar da sua presença. Com muita delicadeza começou a acariciar-lhe o corpo, mas durou muito pouco o aquele prazer, pois a querida imagem de Rodrigo esvaneceu-se lentamente e no seu lugar apareceu a do ex-companheiro de fila da procuradoria Da Defesa do Consumidor. A ex-bailarina frustrada que a matara e que, segundo parecia, também assassinara o doutor Díez.

O que é que estava a acontecer? Quem era aquele homem? Que quereria ele? Seria um psicopata? A voz de Abel Zabludowsky ampliou a informação que Azucena desejava ouvir. Aquele homem é nada mais nada menos o assassino do senhor Bush. As provas auriográficas assim o indicavam. Tinham-no encontrado morto no seu domicílio. Suicidara-se com uma overdose de comprimidos. Por que motivo se haveria suicidado? E agora quem iria esclarecer que Rodrigo nada tinha a ver com o assassínio? Azucena tinha demasiadas perguntas na cabeça. Demasiadas para poder manter a sensatez. Precisava de algumas respostas urgentemente. A única pessoa que lhas poderia dar era Anacreonte. Azucena sentiu-se tentada a restabelecer a comunicação com ele, mas o seu orgulho impediu-lho. Não queria dar o seu braço a torcer. Disse que lhe ia demonstrar que conseguiria conduzir a sua vida sozinha e iria cumprir a todo o custo.

CD — 3

INTERVALO PARA DANÇAR

Zongo le dio a Borondongo
Borondongo le dio a Bernabé
Bernabé le pegó a Muchilanga
le echó a Burundanga
le hincha los pies.

Por qué Zongo le dio a Borondongo?
Porque Borondongo le dio a Bernabé.

Por qué Borondongo le dio a Bernabé?
Porque Bernabé le pegó a Muchilanga

Por qué Bernabé le pegó a Muchilanga?
Porque Muchilanga le echó a Burundanga

Por qué Muchilanga le echó a Burundanga?
Porque Burundanga le hincha los pies.

O. BOUFFORTIQUE

Realmente Azucena é teimosa que nem uma mula. Desde que se recusa a falar comigo que se propôs agir por sua conta e que só fez autênticas parvoíces. É desesperante vê-la fazer asneira após asneira sem poder intervir. Eu já tinha dito, o raio da rapariga está habituada a fazer a sua santa vontade. Raios! O pior de tudo é que quando fica deprimida não há quem a tire dela. Estou há um bom bocado a vigiar a sua insónia. Não consegue dormir, entre outras coisas, porque o seu novo corpo não se ajusta à marca que o anterior deixou no colchão. Sentou-se na beira da cama durante muito tempo. Depois, chorou durante aproximadamente vinte minutos. Entrementes assoou-se quinze vezes. Teve os olhos perdidos no tecto durante trinta minutos. Observou-se durante cinco minutos no espelho do roupeiro antigo que tem diante da sua cama. Meteu a mão debaixo da camisa de dormir e acariciou-se devagarinho, devagarinho. Depois, talvez para tomar posse completa do seu novo corpo, masturbou-se. Chorou de novo durante cerca de vinte minutos. Comeu compulsivamente quatro *sopes*, três *tamales* e cinco *conchas* com natas. Dez minutos depois vomitou tudo o que havia comido. Sujou a camisa de dormir. Tirou-a. Lavou-a. Estendeu-a no tubo do duche do banho. Tomou um duche. Ao lavar a cabeça sentiu muito a falta do seu anterior cabelo comprido. Regressou à sua cama. Andou de um lado para o outro como um pião. E por fim ficou como que catatónica durante cinco horas. Mas em nenhum momento pensou em ouvir os meus conselhos. Se me tivesse autorizado falar-lhe dir-lhe-ia que a primeira coisa que tem de fazer é ouvir o seu compacto para poder ir ao seu passado. Aí está a chave de tudo, e ela não o fez porque sente que não está com humor para chorar!!!! Que desespero!

E não há dúvida que quem espera desespera. Azucena espera que Rodrigo volte. Eu espero que ela saia do estado de desespero em que se encontra. Pavana, a Anjo da Guarda de Rodrigo, espera que eu colabore com ela. Lilith, a minha namorada, espera que eu termine a educação de Azucena para irmos de férias. E todos nós estamos parados por causa da sua estupidez.

Não percebe que tudo o que acontece neste mundo passa por alguma coisa, e não apenas porque sim. Um acto, por mínimo que seja, desencadeia uma série de reacções no mundo. A criação tem um mecanismo perfeito de funcionamento e, para manter a harmonia, precisa de que cada um dos seres que a compõem execute correctamente a acção que lhe corresponde dentro dessa organização. Se não o fizermos, o ritmo de todo o Universo fica destrambelhado. Portanto, não é possível que Azucena ainda pense que pode agir por sua conta! Até a partícula do átomo mais pequena sabe que tem de receber ordens superiores, que não pode dar-se ordens sozinha. Se uma das células do corpo decidisse que é dona e senhora do seu destino e optasse por fazer o que lhe desse na real gana, converter-se-ia num cancro que alteraria completamente o bom funcionamento do organismo. Quando uma pessoa se esquece de que é uma parte do todo e que no seu interior transporta a Essência Divina, quando uma pessoa ignora que está ligado ao Cosmos, quer queira quer não, pode cometer a asneira de ficar deitada na cama pensando em puras parvoíces. Azucena não está isolada como ela julga. Nem está desligada como imagina. Nem pode ser tão parva, carago! Pensa que não tem nada. Não se apercebe que esse nada que a rodeia a sustém e sempre a susterá onde quer que se encontre. Esse nada vai mantê-la em harmonia vá para onde for. E esse nada estará sempre à espera do momento adequado para entrar em comunicação com ela, para que ouça a sua mensagem. Cada célula do corpo humano é portadora de uma mensagem. Onde vai buscá-la? É-lhe enviada pelo cérebro. E o cérebro, onde a vai buscá-la? Ao ser humano, ao comando desse corpo. E esse ser humano, onde vai buscar a mensagem? É-lhe ditada pelo seu Anjo-da-Guarda, e assim sucessivamente. Há uma inteligência suprema que nos ordena como propiciar o equilíbrio entre a criação e a destruição. A actividade e o descanso regulam o combate entre essas duas forças. A força da criação põe o caos em ordem. Depois, vem um período de descanso perante o esforço que é preciso para controlar a desordem. Se o descanso se prolongar mais do que o necessário, a criação fica em perigo, pois a destruição sente que a criação perdeu a força necessária e tem de entrar em acção. É como se uma planta que cresceu à luz do sol fosse de repente posta à sombra e já não tivesse a força que a sustinha e então a força destrutiva se encarregasse de fazer com que ela morresse. É esse precisamente o perigo em que se encontra Azucena com a sua paralisia.

Quando uma pessoa fica paralisada, paralisa toda a gente. O ritmo do universo fica quebrado. Se um dia a Lua parasse na sua trajectória provocaria uma catástrofe. Se um dia as nuvens fizessem greve e parasse de chover, provocariam uma seca generalizada. A seca, a fome, e a carestia, a morte do género humano. A uma maior paralisia corresponde uma maior depressão, e a uma maior depressão, maiores calamidades.

Às vezes uma pessoa parece estar paralisada, mas não o está, está apenas a arrumar as coisas no seu interior, que finalmente se vão harmonizar com o Cosmos. O problema é a paralisia total. A todos os níveis. Exactamente como aquela que Azucena tem. E o pior não é ela nada fazer no mundo exterior, mas que também nada faça em direcção ao interior. Não só não quer ouvir-me como não quer ouvir-se a si própria. E como não deixa ouvir a sua voz interior, não sabe qual é a acção que deve executar. A mensagem não lhe chega, pois a sua mente não lhe permite a entrada. Mantém-na cheia de pensamentos negativos. É necessário que os deixe sair, porque estes distorcem a linha de comunicação. A Inteligência Suprema utiliza uma linha directa que, se encontrar alguma interferência no seu caminho, sai disparada para outro lado e faz com que a Inteligência Suprema não seja entendida ou seja mal interpretada. A maneira de dar uma solução a este problema é alinhando-se espiritualmente. Este alinhamento nada tem a ver com o tipo de alinhamento que se manipula na Terra. Este alinhamento funciona como uma estrutura piramidal onde os de baixo fazem o que o de cima manda e não podem fazer qualquer outra coisa, e onde o ser humano perde a responsabilidade sobre os seus actos e se submete ao que os outros lhe dizem. Não, isso não é alinhar mas sim asneirar. O alinhamento de que falo consiste mais em por-se em sintonia com a energia amorosa que circula no Cosmos. E alcança-se relaxando e permitindo que a vida flua por entre cada uma das suas células. Então, o Amor, esse ADN cósmico, recordará a sua mensagem genética, de origem, a missão que lhe corresponde. Essa missão não é colectiva, como se pretende num tipo de alinhamento terrestre, mas sim única e pessoal. No momento em que Azucena o conseguir, todo o seu ser respirará energia cósmica e recordará que não está sozinha, e menos ainda sem Amor.

Dá trabalho entender o Amor. Geralmente uma pessoa está habituada a obtê-lo através de um parceiro. Mas o amor que sentimos durante o acto amoroso é só um pálido reflexo do que é o verdadeiro Amor. O nosso companheiro é unicamente o intermediário através do qual recebemos o Amor Divino. Graças ao beijo, ao abraço, obtemos na alma a paz necessária para nos podermos alinhar e ligar a Ele. Mas, atenção, isto não quer dizer que o nosso parceiro seja o possuidor desse Amor nem o único que no-lo pode proporcionar, nem que, se essa pessoa se afastar, leve consigo o Amor deixando-nos desamparados. O Amor Divino é infinito. Está em todo o lado e completamente ao alcance da nossa mão em todo o momento. É uma grande asneira tentar diminuí-lo e limitá-lo ao pequeno espaço que abarcam os braços de Rodrigo. Se Azucena soubesse que a única coisa que tem de fazer é aprender a abrir a sua consciência à energia de outros planos para receber às mãos cheias o Amor de que tanto precisa! Se soubesse que neste preciso momento está rodeada de Amor, que circula a seu lado apesar de ninguém a estar a beijar, acariciar ou abraçar. Se soubesse que é uma filha amada do Universo deixaria de se sentir perdida.

Azucena acusa-me de tudo o que se está a passar e não se apercebe que a perda de Rodrigo é algo que ela tinha de sofrer, pois assim que se lançar a procurá-lo encontrará no caminho a solução de um problema que tem vindo a afectar a humanidade há milénios. É essa a verdadeira razão de tudo. A explicação de todas as suas dúvidas. Há um problema de origem cósmica que afecta todos os habitantes do planeta, e é ela a encarregada de solucioná-lo. É uma missão que nos abarca a todos e que o ego de Azucena minimiza e converte numa questão de carácter pessoal. O seu ego magoado leva-a a pensar que o mundo está contra ela e que tudo o que acontece só a afecta a ela. Ela faz parte deste mundo, e se a afecta a ela, ao mundo também. O mundo tem interesses muito maiores do que o de querer destruir Azucena. Além disso seria absurdo, pois ao aniquilar um ser humano estaria a aniquilar-se a si mesmo, e o Universo não tem esses problemas de autodestruição. Quem dera que ela pudesse estar aqui a meu lado no espaço! Veria o seu passado e o seu futuro ao mesmo tempo e só assim perceberia porque permiti que Rodrigo desaparecesse. Quem dera que ela pudesse ver que não morreram todas as possibilidades com o doutor Díez! Quem dera que ela pudesse ver que tem à mão alternativas muito melhores do que aquelas que o doutor lhe oferecia! Quem dera que ela exercesse correctamente o seu livre arbítrio! Se nem sequer é assim tão difícil, carago! A vida nunca nos porá perante uma encruzilhada onde haja um caminho que nos leve à perdição. Pôr-nos-á dentro das circunstâncias com que estivermos com capacidade para lidar. O que acontece é que o homem geralmente se deixa vencer pelas circunstâncias. Vê-as como obstáculos inamovíveis perante os quais nada pode fazer, e nada há mais falso que isso. O Universo pôr-nos-á sempre nas situações que correspondem ao nosso grau de evolução. Por isso, no caso específico de Azucena eu opus-me sempre a que apressasse o seu encontro com Rodrigo. E não era porque a ela lhe faltasse evoluir, nem pelas dívidas que ele ainda tinha pendentes, mas sim porque ainda faltava a Azucena aprender a controlar um pouco mais os seus impulsos e a sua rebeldia antes de enfrentar a situação em que agora se encontra. Eu sabia muito bem que ela iria ficar muito chateada e não me enganei. A confusão em que vive não lhe deixa ver a verdade. Na Terra há uma série de verdades e uma série de confusões e mentiras. A confusão vem do facto de o homem tomar como verdade coisas que não o são. A verdade nunca está fora. Cada um tem a capacidade, se comunicar consigo próprio, de encontrar a verdade. É lógico neste momento Azucena sentir-se confusa. Fora dela só encontrou caos, mentira, assassínios, medo, indecisão. Ela pensa que essa verdade é dura como um rochedo, mas não o é. Ela, perante esse desespero geral que domina fora dela, deveria dizer:

«Eu não tenho por que participar neste caos, embora reconheça que o estou a ver, pois EU NÃO SOU O CAOS.» No momento em que negar como verdade a realidade que a rodeia, encontrará a sua própria verdade e obterá paz. Como o que existe fora existe também dentro, essa paz individual produzirá a Paz Universal. Mas como não acho que Azucena esteja neste momento em condições de chegar aí, tenho que possibilitar que ela dê a sua ajuda a algum necessitado. Ao ajudar outra pessoa estará a ajudar-se a si mesma.

Umas fortes pancadas na porta fizeram com que Azucena se levantasse da cama. Ao abrir, deu de caras com Cuquita, a avó de Cuquita, as malas de Cuquita e o periquito de Cuquita. Cuquita e a sua avó vinham todas esmurradas. O periquito não. Azucena não soube que dizer, a única coisa que lhe veio à cabeça foi dizer-lhes para entrarem. Cuquita confiou-lhe os seus problemas. O esposo batia-lhe cada dia mais. Já não o suportava. Mas agora, o cúmulo fora que ele esmurrara a sua avó, e, isso sim, ela não lho iria permitir. Pediu a Azucena que lhe deixasse passar uns dias em sua casa. Azucena disse-lhe que estava bem. Não tinha outra saída. Cuquita sabia da troca de corpos e não queria que a denunciasse. É claro que ela podia fazer a mesma coisa e dar a informação dos virtualivros, mas não lhe convinha. O que ela tinha a perder não se comparava em nada com o que Cuquita, se fosse o caso, perderia. Por isso decidiu pôr de lado as suas penas e compartilhar a sua casa com elas. Paciência, seria só durante alguns dias.

Assim que Cuquita tomou posse da cozinha, Azucena começou a sentir-se invadida. É verdade que a sua avó precisava urgentemente de um chá de tília para o susto, mas o que incomodou Azucena foi o facto de Cuquita ter pendurado a gaiola do periquito justamente em cima da mesa da sala do pequeno-almoço. Estorvava toda a visão e, além disso, significava que daí em diante comeriam com as penas do periquito à frente do nariz. A sensação de invasão foi-se agudizando à medida que Cuquita se instalava. Para começar, instalou confortavelmente a avó no sofá-cama da sala. A avó era bastante adaptável e silenciosa, mas de qualquer forma estorvava. Agora, de cada vez que Azucena quisesse ir buscar um copo de água à cozinha teria de saltar por cima dela. Mas o máximo foi quando Cuquita, por fim, se apoderou do quarto de Azucena. Começou a deixar as suas coisas em todos os lados. Azucena ia detrás dela procurando pôr tudo em ordem. Amavelmente, sugeriu-lhe que podiam deixar a malinha de amostras da Avon no armário. Azucena não queria saber o que pensaria dela Rodrigo no dia em que regressasse e encontrasse aquela merda de mala no meio do quarto. Cuquita recusou terminantemente, pois disse que no dia seguinte tinha uma demonstração e só se visse a mala se ia lembrar.

Azucena não queria acreditar naquilo que os seus olhos viam. Cuquita era dona de uma quantidade impressionante de objectos horrorosos e de mau gosto. O que mais lhe chamou a atenção foi um estranho aparelho parecido com uma elementar máquina de escrever. Cuquita tratava-a com um cuidado especial. Azucena perguntou-lhe o que era aquilo e Cuquita respondeu-lhe com grande orgulho.

— É um invento meu.
— Ah! Sim…? E o que é?
— É uma Ouija cibernética.

Cuquita colocou o aparelho em cima da mesinha de cabeceira e mostrou-o a Azucena como se estivesse a vender um produto da Avon. O aparelho era constituído por um computador antiquíssimo, um fax, um gira-discos da época das cavernas, um telégrafo, uma balança, uma retorta donde saíam uns tubos esquisitos, uma caçarola delimitada por quartzos e uma matraca. No meio da caçarola havia umas mãos desenhadas que indicavam o sítio onde deviam ser postas.

— Este... que bonito, olhe! E para que serve?
— Como para quê? O quê! Nunca usou uma Ouija?
— Não.
— Pois claro, tinha-me esquecido que vocês os evoluídos são muito *snocks* e não precisam destes aparelhos para ligarem para os Anjos-da-Guarda, mas nós, os que não temos *acomplexo de suprioridade*, os pobres de espírito, os lixados, os que temos de usar as nossas próprias mãos para nos coçarmos, somos quem, se quisermos saber coisas do nosso passado, temos de inventar porcarias como estas...

Azucena ficou emocionada com a tirada de Cuquita. Via-se à légua que ela estava ressentida e cheia de mágoa. Ela, como astranalista, sabia que não podia deixar que ela continuasse a vibrar naquela emoção negativa sem o tratamento adequado, e preparou-se para a afirmar a fim de lhe elevar o estado de espírito.

— Não se chateie Cuquita. Não lhe perguntei para que servia por eu nunca ter utilizado uma Ouija, mas sim porque nunca vira uma tão completa... tão diferente... tão nova. Olhe, e como é que funciona?

Cuquita, ao sentir-se afirmada, acalmou imediatamente e começou a suavizar o tom da voz.

— Ah! Pois olhe, a coisa é muito simples. Se você quiser ligar para o seu Anjo-da-Guarda põe as mãos aqui na grelha e pensa na pergunta e logo a seguir recebe a resposta pelo fax. Agora, se o que quer é falar com os seus seres queridos que já morreram, é conveniente que ninguém ouça o que estão a dizer, por causa dos tesouros escondidos e essas coisas, então amanda-se a pergunta pelo telégrafo e recebe-se a resposta pelo mesmo sítio...

— Mas que maravilha!

Ao sentir-se admirada, o rosto de Cuquita iluminou-se e até lhe vieram as cores, além das nódoas negras que já trazia.

— Ui! E isso não é nada. Olhe, se, por exemplo, lhe quiserem vender um disco ou uma antiguidade, que era, digamos, de Pedro Infante, ou alguém assim, e você quiser saber se é verdade ou se lhe estão a vender gato por lebre, pois então no caso de ser o disco põe-no aqui — apontando para o gira-discos — mas se se tratar de qualquer outra antiguidade pomo-la aqui — indicando a retorta — e deitamos-lhe um líquido especial que o vai esmiuçar como se fosse gelo *engrapé* e depois o computador imprime a história do objecto, narrada pelo próprio objecto e no fax saem as fotografias a cores de todos os que alguma vez tiverem tocado nesse objecto, ou seja, mata dois coelhos duma cajadada, por um lado assegura que não lhe dêem gato por lebre, e por outro obtém uma fotografia de graça do seu ídolo favorito. O que é que acha?

Azucena ficou realmente com a boca aberta. Como seria possível que aquela mulher, que nem a primária acabou, tivesse sido capaz de inventar um aparelho tão sofisticado? Bem, faltava ver se realmente funcionava, mas de qualquer forma parecia-lhe admirável a iniciativa. Cuquita não cabia em si de prazer ao ver que Azucena estava verdadeiramente interessada no seu aparelho.

— Olhe, Cuquita, só tenho uma dúvida. Se, por exemplo, eu quiser saber de quem foi uma cama, como é que faço?

— Pois tira-lhe uma lascazinha e metemo-la na retorta.

— E se a cama for de latão?

— Ai, olhe, pois não a compra. Eu não vou estar a pensar em tudo. E sabe que mais? Será melhor pararmos porque já estou a ficar muito neurótica.

Cuquita estava prestes a explodir e Azucena queria evitá-lo. Não seria um bom começo para o início da sua vida juntas.

— Olhe, mas não me disse para que é a matraca.

— Ah! Pois essa é muitíssimo importante. Com as suas voltas e o seu som muda a energia do quarto onde vamos receber as mensagens de onda curta e assim se evitam as interferências dos diabos.

— Ahhhhh!

Azucena não pôde evitar sentir uma enorme curiosidade em comunicar com o Além. Desde que cortara a comunicação com Anacreonte que não tinha qualquer ideia do que estava a acontecer ou ia acontecer. Talvez fosse aquela a sua oportunidade de saber de Rodrigo sem dar o braço a torcer a Anacreonte.

— Olhe, posso fazer uma pergunta?

— Claro que sim!

Cuquita sentiu-se muito lisonjeada com o pedido e começou imediatamente a tocar a matraca em todo o quarto. A seguir, deu instruções a Azucena sobre como pôr as mãos no meio da grelha e sobre como concentrar-se para fazer a pergunta. Azucena seguiu as instruções literalmente e poucos segundos depois o fax começou a imprimir a resposta: «Querida menina, vais encontrá-lo mais depressa do que tu esperas.»

Azucena ficou com os olhos cheios de lágrimas. Cuquita abraçou-a protectoramente.

— Está a ver? Tudo se vai arranjar.

Azucena concordou com a cabeça. A felicidade não a deixava falar. Cuquita sentia-se completamente realizada. Era a primeira vez que alguém usava o seu aparelho e comprovara que, sim, funcionava. O ambiente da casa mudou imediatamente. Azucena sentiu-o e apercebeu-se que a pequena ajuda que Cuquita lhe dera lhe estava a trazer grandes benefícios. Começou a ver o lado bom da situação em que estava. Apesar de tudo podia ser muito divertido e proveitoso ter Cuquita uns dias com ela.

A notícia de que em breve encontraria Rodrigo fez tão bem ao seu estado de espírito que lhe desapareceram da cabeça as nuvens negras. Pela primeira vez em muitos dias sentiu alívio no seu coração. E pensou que aquele era o melhor momento para ouvir o seu compacto. Sentia-se tão descontraída que lhe apareceu todo o cansaço acumulado. Sugeriu a Cuquita que já eram horas de dormir. Cuquita gostou muito da sugestão. Eram três horas da madrugada e tinha sido um dia longo. Azucena pôs os auriculares na cabeça, deitou-se a um lado da cama e fechou os olhos. Cuquita fez a mesma coisa.

Mas de repente Cuquita descobriu o controlo da televirtual e enlouqueceu de prazer. Esqueceu-se do sono, do cansaço e da dor das nódoas negras. Toda a sua vida quisera ter uma televirtual e nunca tivera dinheiro para a comprar. O máximo que conseguira fora uma televisão a três dimensões, comum e corrente. Ligou-a de seguida e começou a mudar para todos os canais como uma miúda. Azucena nem se apercebeu. Ouvia tranquilamente o seu compacto com os olhos fechados.

Cuquita, como digna representante do partido dos não evoluídos, saboreava com mórbido prazer o programa de Cristina. Naquela noite transmitiam em directo da prisão de um planeta de castigo. Com a ajuda da câmara fotomental, os pensamentos dos piores criminosos que lá se encontravam eram convertidos em imagens de realidade virtual. Dessa forma, os televirtualenses podiam instalar-se no centro dos quartos onde tinham ocorrido os incestos, as violações, os assassínios. Cuquita estava encantada. Não tivera aquele tipo de emoções fortes desde que andara na escola. O sistema de ensino utilizava o mesmo método para que os alunos aprendessem como eram terríveis as guerras. Punham-nos no meio duma batalha a cheirar a morte, a sentir na própria carne a dor, o desespero, o horror. Sabiam que era essa a única forma de o ser humano aprender, recebendo as experiências através dos órgãos dos sentidos. E esperava-se que depois dessa aprendizagem directa ninguém se atrevesse a organizar uma guerra, a torturar ou a cometer qualquer tipo de infracção à lei, pois já sabiam o que se sentia. Mas não era assim. Efectivamente, tinha-se controlado a criminalidade, não tanto porque o homem tivesse aprendido a lição, mas sim pelos avanços da tecnologia. Até antes do assassínio do senhor Bush ninguém se atrevera a matar, não por não lhes ter apetecido, mas sim pelo medo do castigo. Com os aparelhos inventados ninguém escapava a ser capturado. Os seres humanos não tinham então outro remédio senão aprenderem a reprimir os seus instintos criminosos, mas isso não significava que não os tivessem. Não, claro. A prova era o enorme *rating* que tinham os programas de Cristina Oprah, Donahue, Sally, etc., onde os televirtualenses podiam sentir todo o tipo de emoções primitivas. O governo autorizava a sua transmissão porque assim o povo canalizava os seus instintos assassinos e era mais fácil mantê-los sob controlo.

Cuquita nem podia acreditar no maravilhoso que era estar no centro da acção. Estava felicíssima presenciando o assassínio de Sharon Tate. Gostava muito de sentir o medo instalado em todo o seu corpo, os cabelos em pé, eriçados, a voz sufocada. A violência provoca-lhe nojo, mas como boa masoquista que era considerava-a parte do divertimento. Estava nisto quando começaram os anúncios. Cuquita ficou furiosa, tinham-lhe acertado no âmago do seu sofrimento. Começou desesperadamente a mudar para todos os canais tentando encontrar outro programa parecido, quando os seus olhos ficaram presos pela cor vermelha incandescente. A lava sempre tivera sobre ela um poder hipnótico.

Naquele momento estavam a transmitir em directo do planeta Korma. Isabel caminhava por entre os sobreviventes da erupção. Estava em Korma juntamente com uma missão de salvamento. Quisera que este fosse o primeiro acto da sua campanha à Presidência Mundial. Cuquita, graças à televirtual, viu-se de repente no lugar ideal de qualquer intrometido: justamente no meio de Isabel e Abel Zabludowsky, que não pára de comentar como Isabel está incrivelmente bem aos seus cento e cinquenta anos. «Assim também eu!», comentou Cuquita. Isabel trabalhava há anos como Embaixadora Interplanetária. Em cada viagem poupava uma enorme quantidade de anos, porque a diferença de horários entre planeta e planeta atingia muitos meses. Ao regressar duma viagem, que para ela fora de uma semana, via que na Terra já se tinham passado cinco anos. Mas nem por ela parecer tão nova Cuquita aceitaria trocar com ela. Interrogava-se: «Quantos *sopes* uma pessoa deixará de saborear naqueles anos perdidos? Em quantos bailes de quinze anos se deixa de participar?» Isabel começou a distribuir comida por entre as vítimas da erupção, todos os primitivos se lançaram sobre ela ao mesmo tempo para obterem a sua parte. Os "gorilas" distribuíam pancadaria indiscriminadamente procurando protegê-la.

Cuquita deu um salto na cama e começou a gritar para Azucena.

— Azucena, Azucena, olhe!

Os «gorilas» de Isabel eram os supostos trabalhadores da companhia aereofónica e Azucena, bom, melhor Ex-Azucena, porque o seu corpo era ocupado por outras pessoa, Azucena abriu os olhos meio entontecida e tentou ver o que estava a acontecer. Viu como os "gorilas" de Isabel a afastavam do grupo de famintos selvagens. Azucena ficou impressionada quando viu que um dos "gorilas" tinha o seu ex-corpo e que ao lado dele estava o corpo do ex-aerofonista. Mas quase desmaiou quando viu Isabel aproximar-se dum homem afastado de todos os outros: era Rodrigo sem tirar nem pôr! Azucena estava a sonhar com ele quando Cuquita a acordou e agora não sabia se o que estava a ver era parte da sua fantasia ou se era verdade.

Rodrigo estava concentrado em talhar com uma pedra uma colher de madeira. Assim que viu Isabel aproximar-se, levantou-se. Isabel deu-lhe uma torta de *tamal*, mas Rodrigo, em vez de pegar nela, aproximou-se da Ex-Azucena e acariciou-lhe a cara, procurando reconhecê-la. A Ex-Azucena ficou nervosa. Isabel ficou intrigada. Cuquita ficou escandalizada. E Azucena dedicou-se durante uns breves minutos a acariciar Rodrigo com todo o seu amor. Não foi muito tempo, mas sim o suficiente para que o seu desespero ao vê-lo esvanecer-se no ar fosse imenso. As imagens de todos os presentes em Korma cederam o lugar às dos futebolistas no campo de treino. Cuquita e Azucena olharam uma para a outra. Azucena chorava desesperada.

— Aquele era Rodrigo!

— Aquele?

Cuquita estava muito surpreendida com o estado lamentável em que ele se encontrava.

— Sim.

— E aquela era você?
— Sim.
— O que é que faz o seu namorado em Korma?

Azucena não sabia. A única coisa que sabia era que estava metida numa confusão enorme. Se os homens que tentaram assassiná-la e lhe roubaram o corpo eram os "gorilas" de Isabel, Isabel tinha a ver com tudo aquilo. Se Isabel tinha a ver com tudo aquilo, tinha o poder do seu lado. E se tinha o poder do seu lado, seria muito difícil defrontá-la. Azucena começou rapidamente a imaginar quais seriam as razões que Isabel tivera para querer matá-la. De certeza que ela mandara matar o senhor Bush. Depois, escolhera Rodrigo como candidato ideal para ser acusado do assassínio. Porquê ele? Quem sabe? Depois, soubera que Rodrigo passara toda a noite do crime a fazer amor com ela, e o passo lógico foi mandar eliminar o álibi, isto é, ela. Bem, até ali tudo estava a correr muito bem. Mas agora, o que vinha a seguir? A Isabel convinha ter Rodrigo como assassino. Mas agora, como faria para que Rodrigo não declarasse a sua inocência perante as autoridades? Se calhar não estava nos seus planos que declarasse. Se calhar por isso o levara para Korma. Se calhar pensava deixá-lo lá para sempre. Se calhar… se calhar. O que ela não percebia era a forma como Isabel arriscava que tudo se lhe desmoronasse. O que seria se um dos televirtualenses que naquele momento estava a ver as notícias reconhecesse Rodrigo e o denunciasse? O que é que aconteceria? Quem sabe? Azucena não via a solução do problema em que se encontravam, mas Cuquita, talvez pela sua menor capacidade analítica, sim. Sem se esforçar muito tomou uma decisão.

— Temos de ir buscar o seu namorado e trazê-lo — ordenou.
— Não podemos. A Polícia procura-o. Dizem que ele é

cúmplice do assassínio do senhor Bush, mas não é verdade, ele estava comigo nessa noite.

— Acredito. Os rangidos do colchão não me deixaram dormir.

Azucena recordou a sua noite de amor e aumentou a intensidade do seu choro.

— Não chore. Não interessa que a polícia ande à sua procura, pois mudamos-lhe o corpo e pronto, acabou-se o problema! Já não estamos no tempo da minha avó, em que diziam «Que horror! A casa caída, os trastes na rua, as crianças doentes, o pai zangado. Ai a minha vida!» Não, agora, há que fazer boa cara quando está mau tempo. Enxuguem-se as lágrimas e às armas!

Azucena parou de chorar e rendeu-se mansamente perante a vontade de Cuquita. Já não aguentava mais. Recebera demasiadas feridas em muito pouco tempo. No decurso de apenas uma semana perdera a sua alma gémea, estivera prestes a ser assassinada, vira-se forçada a realizar um transplante de alma, descobrira o crime de um grande amigo, vira como o seu querido corpo era ocupado por um assassino e, por último, encontrara Rodrigo em condições lamentáveis, correndo um grande perigo e num lugar praticamente inalcançável para ela. Que desespero! Sentia-se profundamente violada, agredida, indefesa, frágil, esgotada, incapaz de tomar uma decisão qualquer.

— Temos de ir embora já amanhã.

— Mas como? Eu não tenho dinheiro, Você menos ainda! E como sabe as viagens interplanetárias são caríssimas.

— Sim, não são, como se costuma dizer, uma ninharia, mas havemos de encontrar a forma...

De repente, Cuquita e Azucena olharam-se mutuamente. Os olhos de Cuquita tiveram um brilho de lucidez e transmitiram a

Azucena a genial ideia que ela acabava de ter. Azucena captou-a imediatamente e gritou ao mesmo tempo que ela:
— O compadre Julito!

* * *

Azucena ia desesperadíssima. A nave interplanetária do compadre Julito era uma vil nave chocolateira que fazia paragens em todos e cada um dos planetas que encontrava no seu caminho para Korma. De cada vez que a nave parava, Azucena sentia que o Universo inteiro suspendia o seu ritmo. Já tinha falado com o compadre Julito para ver da possibilidade de fazer um voo directo, mas o compadre Julito recusara terminantemente, e recordara de forma subtil a Azucena que ela não estava em condições de exigir nada, pois viajava de graça. Por outro lado, o compadre estava obrigado a fazer as paragens, pois, além de levar o Palenque a planetas muito pouco evoluídos, tinha mais dois negócios que lhe rendiam grandes lucros económicos: aluguer de netos a domicílio e esposos de entrega imediata. Nas colónias espaciais muito afastadas havia homens ou mulheres de idade avançada que nunca tinham podido casar nem ter netos e que caíam em estados de depressão muito profunda. Então, o compadre Julito tivera a ideia do negócio ideal: alugar netos. E estava-se precisamente agora na temporada alta, pois as crianças órfãs acabavam de sair de férias. Outro dos negócios que tinha muita procura era o de esposos ou esposas de entrega imediata. Quando homens ou mulheres jovens estavam nalguma missão espacial por períodos prolongados, alteravam-se-lhes as hormonas. Como não era nada recomendável o terem relações sexuais com os aborígenes, os seus parceiros na Terra mandavam-lhes um esposo ou uma esposa substituto, conforme o caso, para que assim pudessem satisfazer adequadamente os seus apetites sexuais. Não só isso, o amante substituto aprendia de cor mensagens e poemas a pedido expresso do cônjuge e recitava-os aos clientes no momento de fazer amor com eles. Portanto, a nave, além dos galos de luta, dos *mariachis*, das vedetas e dos cantores do Palenque, estava cheia de crianças, esposos e esposas substitutos.

Azucena estava prestes a ficar louca. Ela que precisava tanto de silêncio para organizar os seus pensamentos! E a barulheira que reinava na nave que não a ajudava nada! Crianças a correr por todos os lados, os *mariachis* a ensaiarem *Amorcito corazón* com um cantor que era a reencarnação de Pedro Infante, os esposos substitutos a ensaiarem o seu número com as vedetas, a avó de Cuquita a ensaiar às apalpadelas um ponto de renda, o bêbado esposo de Cuquita a ensaiar os seus vómitos, os galos a ensaiarem o seu quiriquiqui, e o «candongueiro»-pele-de-ovelha — que lhe vendera o seu novo corpo — a ensaiar sem grandes resultados uma troca de almas entre uma vedeta e um galo.

Perante esta situação, Azucena não tinha mais que duas opções: enlouquecer de desespero por não conseguir a calma de que precisava, ou pôr-se a ensaiar qualquer coisa como todos os outros. Decidiu pôr-se a praticar o beijo que daria a Rodrigo assim que o visse. E com grande entusiasmo experimentou e voltou a experimentar quais seriam os melhores efeitos de um bom beijo na boca pondo o indicador entre os seus lábios. Parou de fazer isto quando um dos esposos substitutos se ofereceu para praticar com ela. Azucena ficou triste por a terem descoberto, e então decidiu que era melhor isolar-se daquele mundo de loucos. Como todos os amantes de todos os tempos, queria estar sozinha para poder pensar em Rodrigo com mais serenidade. A presença dos outros estorvava-a, diatraía-a, incomodava-a. Como não era possível fazer desaparecer todos os da nave, fechou os olhos para se encerrar com as suas recordações. Precisava de reconstruir novamente Rodrigo, dar-lhe forma, recordar o encanto que era estar unida à alma gémea, reviver aquela sensação de auto-suficiência, de plenitude, de imensidão. Só a presença de Rodrigo podia dar substância à realidade, só a luz que iluminava o seu sorriso podia libertar a tristeza que oprimia a alma de Azucena. A ideia de que muito em breve o veria fazia com que tudo adquirisse novamente sentido. Pôs os auriculares e começou a ouvir o seu compacto. A única coisa que queria era mergulhar num mundo diferente daquele onde se encontrava. Já tinha perdido a esperança de que a música lhe provocasse uma regressão à vida passada em que vivera ao lado de Rodrigo. Na noite anterior ouvira todo o seu compacto com a ilusão de encontrar nele a música que lhe tinham colocado quando apresentou o seu exame de admissão à CUVA, mas não a encontrou. Por isso, como sabia antecipadamente que a música que havia naquele compacto não era a que procurava, descontraiu e perdeu-se na melodia. Curiosamente, ao tirar de cima de si a obsessão de fazer uma regressão, deixou que a música entrasse livremente no seu subconsciente e a levasse de forma natural à vida anterior que tanto lhe interessava.

CD - 4

As sacudidelas que Cuquita lhe deu interromperam bruscamente as visões de Azucena. O seu coração batia aceleradamente e a sua respiração era agitada. Cuquita, ao ver-lhe o rosto, teve muita pena de a ter acordado. Não pretendera ser inoportuna. Fizera-o porque pensou que era sua obrigação informá-la de que estavam prestes a aterrar em Korma. Que pena sentia ela! Azucena tinha a cara vermelha e transpirava rios de suor. Cuquita pensou que ela devia estava a ter um sonho tipo passional e sexual com Rodrigo quando ela a fora acordar. Estava completamente absorta. Isabel e ela tinham-se conhecido naquela vida passada! Como era possível? Tinham decorrido muitos anos e Isabel conservava ainda o seu aspecto físico actual. Cada dia a coisa se complicava mais. Isabel não fora naquela vida a Madre Teresa? Como seria possível que aquela «santa» fosse capaz de a matar a ela sendo um bebé? Pois, porque não era uma santa. Era uma filha da mãe que enganara toda a gente fazendo crer que fora a Madre Teresa quando a verdade era que a Isabel do ano 2200 era a mesma de 1985. Azucena fez contas rapidamente. Se aquela mulher era a mesma que ela vira durante o terramoto em que tinham morrido os seus pais na cidade do México no ano de 1985, em vez de cento e cinquenta tinha duzentos e cinquenta anos! Quem lhe fabricara a vida de Madre Teresa? De certeza que fora o doutor Díez! O mais provável era que lhe tivesse criado uma vida falsa e a tivesse posto num microcomputador igual ao que instalara nela. As coisas começavam a encaixar! De certeza que assim que o doutor terminou o seu trabalho, Isabel o eliminou para que ele não a denunciasse. Talvez também por isso mesmo a tenha mandado matar a ela. Além de ser o álibi de Rodrigo, era testemunha de que Isabel vivera em 1985. Um momento! Não é só isso. Azucena era testemunha também do crime que Isabel cometera contra a sua pessoa, e um candidato à Presidência do Planeta de modo nenhum pode ter um crime no seu passado. Pelo menos nas suas últimas dez vidas anteriores à candidatura. Isabel ficaria automaticamente fora da cadeira presidencial se alguém soubesse que em 1985 ela cometera um assassínio. Mas havia qualquer coisa que não encaixava; se Isabel a tinha matado quando ela era um bebé, obviamente Isabel conhecia também Rodrigo, pois Rodrigo fora pai de Azucena nessa vida. Se Isabel conhecia Rodrigo, porque não mandara que o eliminassem? Talvez porque, quando Isabel cometeu o assassínio, Rodrigo já estava morto e não a viu. Quem sabe? E também quem sabe se a vida de Rodrigo corria assim tanto perigo agora que Isabel se encontrava em Korma. A única coisa segura era que Isabel era extremamente perigosa e tinha de manter-se afastada dela.

Bebeu um gole do chá quente que Cuquita lhe oferecia e sentiu-se muito reconfortada. Azucena era uma menina órfã que nunca tivera quem a mimasse. Era a primeira vez que alguém lhe preparava alguma coisa com o único objectivo de fazer com que ela se sentisse melhor. Ficou muito comovida com o facto de Cuquita se ter incomodado, e desde aquele momento começou a amá-la.

Igualzinho ao estalido que faz uma jarra de vidro quente quando recebe um líquido gelado soou o coração de Azucena quando viu Rodrigo. A sua alma não estava temperada para receber um olhar tão frio. Os punhais de gelo que a observaram como a uma estranha gelaram-lhe o entusiasmo do encontro.

Não fora fácil encontrar a caverna onde ele estava, porque Rodrigo procurava manter-se afastado da tribo. A sua constante necessidade de pôr coisas em ordem levava-o a esperar que os primitivos fizessem as suas porcarias e fossem caçar para entrar ele em acção. Naquele momento andava a apanhar todos os papéis em que vinham embrulhadas as tortas de *tamal* e dobrava--os cuidadosamente uns sobre os outros. A caverna, desde que ele chegara, tinha um aspecto muito diferente. Já não havia caca por todos os lados nem restos de comida pelos cantos e a lenha para o lume estava perfeitamente ordenada. Quando viu Azucena parou o seu trabalho. Chamou-lhe muito a atenção aquela mulher loira que estava parada diante dele com os braços abertos e um grande sorriso. Não sabia quem era nem donde viera. Mas, era claro, não duma caverna de Korma. Era óbvio que ela, tal como ele, não pertencia àquele lugar.

A passividade de Rodrigo desconcertou Azucena. A única

coisa a que podia atribuí-la era ao facto de, com o seu novo corpo, ele não a ter reconhecido. Azucena acalmou-se e passou a explicar-lhe rapidamente que ela era Azucena. Rodrigo olhou para ela muito admirado e repetiu: «Azucena?»

Aí, sim, é que Azucena já não sabia o que estava a acontecer. Ela sonhara com um encontro digno dum filme em que Rodrigo a descobrisse à distância e fosse a correr para ela em câmara lenta. Ela vestindo um vestido de gase branca que flutuava ao vento. Ele, vestido como um galã do século XX, com calças largas de linho e uma camisa de seda aberta que mostrasse o seu largo e musculoso tórax. O fundo musical não podia ser senão o de *E Tudo o Vento Levou*. Ao chegarem um junto do outro dar-se-iam um abraço como o de Romeu e Julieta, como o de Tristão e Isolda, como o de Paolo e Francesca. E então, a música dos seus corpos integrar-se-ia na das Esferas fazendo do seu encontro um momento inesquecível que passaria a fazer parte da história dos amantes famosos. Mas em vez disso, estava parada diante dum homem que não dava o menor sinal de vida, que não tinha a menor intenção de tocar nela, que não se animava a pronunciar uma palavra, que não lhe consentia a entrada até ao fundo dos seus olhos, que a matava com sua indiferença, que fazia com que ela se sentisse um anacronismo vivo. Sentia-se mais ridícula que as lantejoulas da saia de *china Poblana* com que tivera que disfarçar-se para viajar na nave do Palenque, muito exagerada e mais fora de lugar que uma barata num bolo de noiva.

O que estaria a acontecer? Para este encontro tão miserável ficara ela tantas noites sem dormir? Agora, como poderia controlar os beijos que queriam sair-lhe pela boca? A quem daria o abraço tão esperado? Que faria com os sussurros que faziam um nó na garganta? Azucena deu meia volta e saiu a correr. À entrada da caverna tropeçou em Cuquita, no marido de Cuquita e no «candongueiro»-pele-de-ovelha. Deu-lhes um empurrão e desatou a correr. Cuquita deixou os homens na caverna e foi à procura de Azucena. Encontrou-a a chorar ao pé do tronco duma árvore calcinada.

— O que é que tem? Sente-se mal? Olhe, eu também. Já *gomitei*. É que o compadre realmente não tem cuidado com as voltas e reviravoltas que dá à nave… Mas o que é que tem? Está a chorar?

Azucena chorava amargamente. Cuquita abraçou-a. Os seus braços eram largos e acolchoados. Os seus seios redondos, volumosos e esponjosos, esponjadinhos. Azucena desapareceu no meio deles e sentiu pela primeira vez o que era ser-se afagada por uns braços maternais. Sem sequer se aperceber, voltou aos seus primeiros anos e com uma voz infantil lamentou-se para Cuquita. Cuquita aconchegou-a e aconselhou-a como o faria qualquer boa mãe.

— Zangou-se com o seu namorado, foi? — Azucena disse que não com a cabeça. — Então, porque é que chora?

— Ai, Cuquita…! — Azucena chorou com mais intensidade e Cuquita enxugou-lhe as lágrimas.

— São todos iguais, mas há-de-lhes cair em cima todo o sal das nossas lágrimas! Malditos, infelizes! Ele tinha outra mulher, não era?

— Não Cuquita! O que acontece é que Rodrigo já não se lembra de mim.

— Não se lembra de si?

— Não, não sabe quem sou, não me reconheceu.

— Mas como! Não lhe terão dado mistela?

— Qual mistela qual carapuça! O que acontece é que Deus

já não gosta de mim, odeia-me, engana-me, fez-me acreditar no amor apenas para depois dar um grande trambolhão, mas o amor não existe.

— Não, não diga isso. Deus vai ficar zangado se a ouvir dizer isso.

— Pois que se zangue, para ver se assim me deixa em paz. Já estou farta dele e de toda a sua corte de Anjos da Guarda que só servem para colocar chatices no meu caminho.

— E não pensou que tudo o que lhe aconteceu talvez tivesse de acontecer?

— Acha, Cuquita? Mas eu não fiz nada a ninguém!

— Nesta vida, e nas outras? Uma pessoa nunca sabe!

— Eu cá sei! E juro-lhe que já paguei tudo o que fiz nas outras. Isto é uma injustiça!

— Não acredito, nesta vida nada há de injusto.

— Há, há!

— Em vez de nos zangarmos, porque é que não pergunta ao seu Anjo da Guarda o que é que ele pensa?

— Não quero saber nada dele, estou assim porque ele não me ajudou e deixou que só me fizessem mal. Abandonou-me quando mais precisava dele. Nunca mais lhe falo, mais ainda, que nem me apareça senão dou-lhe uma tareia!

— Mmm, assim vai ser muito difícil sair desta embrulhada.

— Não, não é muito difícil porque eu não sou nenhuma parva.

— Não, eu não digo isso; mais, é-me completamente *inverosímil* o que você fizer com a sua vida, mas eu sei que tudo nesta vida acontece por alguma coisa... ou acha que a minha avó tem a *asiática* só porque sim?

— O quê? Qual asiática?

— A *asiática* que lhe dá nas ancas! É um carma que ela apanhou quando foi general de Pinochet, se fosse a si eu já estava era a andar para trás para saber por que motivo lhe acontecem estas coisas horrendas.

— Pois eu não posso! Enquanto estiver deprimida não posso fazer regressões a vidas passadas...

— Então desdeprima-se, senão...

Cuquita sentia tanta vontade de ajudar Azucena que se converteu no médium ideal para que Anacreonte pudesse enviar uma mensagem à sua protegida. Sem mais nem menos, da sua boca começaram a sair palavras que não lhe pertenciam.

— Porque senão... porque... «você ainda não se apercebeu de que está num momento privilegiado. No meio dum grande sofrimento, é verdade, mas é nestes momentos que uma pessoa pode aceitar que se sente mal, que está mal. No momento em que o aceitar, abrir-se-á uma porta muito real, muito palpável, à possibilidade de poder coordenar-se consigo mesma. Nesse estado de abertura você aperceber-se-á que se pode ser feliz na Terra. É lógico que neste momento não o sinta assim, você sofreu muito, mas em breve vai começar a ver com clareza. Vai começar a sentir que tudo o que aconteceu faz parte de um mundo equilibrado. Desde a rosa que lhe ofereceram à pancada que lhe deram na cabeça. Tudo tem uma razão de ser. Então, será tão necessário contestar a pancada? O mundo transformou-se numa cadeia interminável de "ele fez-me, então eu faço-lhe também". Essa cadeia partir-se-á quando alguém parar e em vez de responder com ódio responder com amor. Nesse dia compreenderá que se pode amar o inimigo. Já muitos profetas se encarregaram de dizê--lo! E nesse dia rir-se-á de tudo o que lhe acontecer. Vai aceitar isso como parte do todo e vai permitir que o seu pensamento viaje para onde ele quiser ir. Para o desconhecido. Para a origem. Não para a origem da Terra, não, que já é muito difícil: para a origem, aonde ninguém chegou. Porque, repare que o homem, apesar de falar tanto e de ter escrito tanto e de filosofar tanto, não encontrou a força suficiente para ir à origem da origem. Quando eu a conheci vi logo que você, sim, tinha essa força. Você anda à procura da paz e do equilíbrio interior recuperando o seu parceiro original. Anda a lutar para se encontrar a si mesma em Rodrigo. Está bem! Mas deixe-me dizer-lhe uma coisa, durante a sua luta, a quem realmente recuperará será a si mesma. Parece que é a mesma coisa mas não é. Não é a mesma coisa recuperar o equilíbrio interno como resultado duma harmonização interior, e recuperá-lo pela união com outra pessoa, mesmo sendo essa pessoa a nossa alma gémea. E como obterá esse equilíbrio? Expandindo a sua consciência. De forma que consiga abarcar tudo o que a rodeia. Por exemplo, neste momento está triste. A tristeza envolve-a. O mundo externo só lhe proporciona dor, sofrimento. O que pode fazer? Ampliar a sua consciência! Apropriar-se da tristeza, engolindo-a sorvo a sorvo, inalando-a, prendendo-a dentro de si, deixando-a entrar até ao último recanto do corpo, até que nada dela fique fora. Nesse momento o que a rodeará se já deixou entrar a tristeza toda?»

— O quê? — perguntou Azucena.

«— Pois a felicidade! Por isso não há que ter medo da tristeza, da dor. Há que saber gozá-los, aceitá-los. "Aquilo a que resistes persiste." Se uma pessoa resiste ao sofrimento, este rodear-nos-á sempre. Se uma pessoa o aceitar como parte da vida, do todo, e o deixar entrar até esgotá-lo, ficará rodeado de alegria, de felicidade. Avante, muita sorte, minha menina, e dá asas ao prazer!

Ah, antes de terminar, mais uma coisinha! Se ampliar a sua consciência o suficiente para abarcar Rodrigo completamente, será capaz de ver para além da rejeição e conseguirá saber por que motivo Rodrigo não a reconheceu...»

Cuquita terminou o seu pequeno discurso e ficou muda da impressão. Sabia muito bem que todas as palavras que tinham saído pela sua boca lhe tinham sido ditadas. Era a primeira vez que lhe acontecia uma coisa assim. Azucena parara de chorar e olhava com surpresa e agradecimento. Azucena fechou os olhos durante um momento e, duma forma muito calma, quase calada, pronunciou:

— Porque lhe apagaram a memória.

— O quê?

— Rodrigo não me reconheceu porque lhe apagaram a memória!

Azucena dançava de prazer. Abraçou Cuquita e deu-lhe beijos. Cuquita também festejou a descoberta, mas durou-lhes pouco o prazer, pois a comitiva que acompanhava Isabel naquele momento vinha em direcção à caverna. Cuquita e Azucena correram imediatamente para ir buscar Rodrigo antes que alguém descobrisse a presença de todos eles em Korma.

* * *

Azucena não parava de observar o bêbado marido de Cuquita. Era incrível que dentro daquele corpo seboso, grosseiro, sebento, entumecido pelo álcool, estivesse a alma de Rodrigo. O *coyote* realizara um excelente trabalho. A troca de almas entre os corpos do marido de Cuquita e Rodrigo não podia ter sido melhor. Sobretudo tendo em consideração que o *coyote* tivera de trabalhar em condições pouco favoráveis.

Cuquita, por seu lado, também não tirava os olhos de Ex-Rodrigo. Da janela da nave via-o a andar por entre a tribo, completamente desconcertado. Parecia-lhe incrível que finalmente se tivesse livrado do seu marido. A partir daquele dia ia poder dormir em paz. Realmente fora uma magnífica ideia a da troca de corpos entre eles. Por um lado, Azucena podia trazer de regresso à Terra o seu namorado — ou melhor, a alma do seu namorado — sem perigo de que a polícia o prendesse pela suposta participação no assassínio do senhor Bush, e, por outro, ela recuperava a sua liberdade! À media que a nave se afastava de Korma, Cuquita ficava mais e mais feliz. E mais contente ficou quando viu como uma primitiva de pêlo no peito se aproximava de Ex-Rodrigo e o abraçava de surpresa pelas costas. O seu marido, julgando que se tratava de Cuquita, deu-lhe automaticamente uma bofetada, e a primitiva como resposta deu-lhe uma grande sova. Cuquita aplaudiu, gritou e chorou de prazer. Se aquilo não era justiça divina, então não sabia o que poderia ser! Até que alguém lhe pagara com a mesma moeda! Ex-Rodrigo ficou K.O. no chão sem compreender nada do que lhe tinha acontecido.

Não era o único naquela situação. Havia outra pessoa que estava completamente confusa e não percebia o que estava a acontecer: a avó de Cuquita. Estava muito chateada por a terem sentado junto do «bêbado de merda», como ela chamava ao marido de Cuquita, e ninguém conseguia que ela percebesse que não estava sentada junto do marido da sua neta e sim junto de Rodrigo. A avó, na sua cegueira, apenas se guiava pelos cheiros e pelos sons, e o corpo que ela tinha a seu lado, e que tresandava a álcool e a urina, não podia ser outro senão o de Ricardo, o esposo de Cuquita. Explicaram-lhe várias vezes o que era a troca de almas e que a alma de Rodrigo, que agora ocupava aquele corpo, era uma alma pura. Para verificar isto deu-lhe um bom murro. Rodrigo não lhe respondeu, e isso foi suficiente para que a avó de Cuquita se sentisse vingada da tareia do outro dia, batendo-lhe sem piedade durante um bom bocado. Espetou-lhe na cara que por culpa dele ela estava doente e avisou-o de que para ela ele era e sempre seria um bêbado de merda. Depois de descarregar toda a sua raiva, adormeceu tranquilamente. Por fim descansara em paz.

Rodrigo ficou muito maltratado, mais moral do que fisicamente, por ter sido o receptor das pancadas que a avó de Cuquita lhe desferiu. Mais uma vez não percebia o que lhe estava a acontecer. Incomodava-o muito o cheiro que o seu corpo emanava. A imundície dava-lhe comichão. Sentia uma tremenda necessidade de álcool, que não sabia donde provinha, pois ele sempre fora abstémio. Não se lembrava de ter visto na sua vida a velha que acabava de lhe bater e de reclamar mau trato. Sentia-se rodeado de loucos naquela nave estranha. Não sabia para onde o levavam nem porquê. A única coisa que sabia era que tinha um nó na garganta... e uma vontade enorme de urinar. Levantou-se com a intenção de ir à casa de banho e as suas pernas não o seguraram. A perna esquerda dobrou-se completamente como se alguém a tivesse desligado. Azucena aproximou-se imediatamente para o socorrer. Deitou-o no chão e perguntou-lhe se lhe doía alguma coisa. Rodrigo queixou-se duma dor muito intensa nas ancas. Azucena pôs-lhe a mão no lugar indicado e Rodrigo deu um salto. Não suportava que ninguém lhe tocasse. Azucena, como boa astranalista, compreendeu logo que aquela dor tinha a sua origem numa vida passada. Era um medo escondido que fora activado pela avó de Cuquita no momento da agressão. Azucena tranquilizou-o, explicou-lhe que eles eram um grupo de amigos que tinham vindo resgatá-lo e que não pretendiam magoá-lo, mas sim ajudá-lo. Que sabiam da sua perda de memória e que estavam nas melhores possibilidades de poderem ajudá-lo a recuperá-la, pois ela era astranalista e era... a sua melhor amiga. Rodrigo observou durante um bom bocado Azucena tentando reconhecê-la, mas o seu rosto era-lhe completamente estranho.

— Desculpe, mas não me lembro de si.
— Já sei. Não se preocupe.
— A sério que me pode fazer recuperar a memória?
— A sério. Se quiser podemos começar ainda hoje.

Rodrigo não quis perder mais tempo. Sem pensar muito, disse que sim com a cabeça. O rosto daquela mulher que se dizia sua amiga fazia-o sentir-se muito bem. A sua voz dava-lhe segurança.

Azucena pediu-lhe que se descontraísse e respirasse profundamente. De seguida deu-lhe indicações para respirar com inspirações curtas e seguidas. Depois pediu-lhe que repetisse várias vezes em voz alta: «Tenho medo!» Rodrigo seguiu literalmente todas as instruções. Houve um momento em que a sua cara e a sua respiração mudaram. Azucena soube que já tinha entrado em contacto com as lembranças da sua vida passada.

— Onde está?
— Na sala de jantar de minha casa...
— E o que é que está aí a acontecer?
— Não quero ver...

Rodrigo começou a chorar. O seu rosto mostrava um grande sofrimento.

— Repita: «Não quero ver o que está a acontecer aqui porque é muito doloroso.»

— Não, não quero...
— Nessa vida é homem ou mulher?
— Mulher...
— E o que é que lhe estão a fazer para ter tanto medo? Quem lhe fez mal?
— O irmão do meu esposo...
— O que é que lhe fez?
— Eu não queira... Eu não queria...
— Não queria o quê?
— Que... me violasse...
— Vamos a esse momento. O que é que está a acontecer?
— Foi uma coisa horrível... nem quero ver...
— Eu sei que é doloroso, mas se não o virmos, não avançaremos nem vai conseguir curar-se. É bom que fale nisso por muito mau que tenha sido.
— É que me acabavam de dizer que estava grávida e...
O choro de Rodrigo tornava-se cada vez mais doloroso.
— E... para mim, estar grávida era algo de muito sagrado... e ele arruinou tudo...
— De que forma?
— O meu esposo estava bebido e adormecera e eu estava a levantar a mesa e...
— E o que é que aconteceu?
— Não vejo... Não vejo nada...
Repita: «Não quero ver porque é muito doloroso...»
— Não quero ver porque é muito doloroso...
— Agora o que é que vê?
— Nada, tudo está negro...
Cuquita não conseguia ouvir nada do que Rodrigo e Azucena estavam a dizer, mas nem assim perdia pitada do que estava a

acontecer no recanto da nave onde eles estavam. Os seus ouvidos agudizaram-se tanto para captar alguma coisa da conversa, que pouco depois de ter começado o seu esforço conseguiu ouvir até o que Anacreonte procurava dizer a Azucena e ela estava renitente a ouvir: Rodrigo não podia falar por duas coisas. Por um lado tinha um bloqueio de tipo emocional muito parecido com o de Azucena, e, por outro, um bloqueio real provocado por estar desligado da sua memória. Mas se Azucena tinha podido romper aquele bloqueio ouvindo a música que lhe tinham posto durante o seu exame de admissão a CUVA, o mesmo podia acontecer a Rodrigo, pois ao serem almas gémeas reagiam aos mesmos estímulos. Cuquita esperou um bocado para ver se Azucena prestava atenção ao seu guia, mas ao ver que não, decidiu prestar os seus serviços de intrometida profissional levando a Azucena a mensagem do seu Anjo da Guarda: tinha que pôr Rodrigo a ouvir uma das árias daquele compacto e registar a regressão com uma câmara fotomental. Azucena perguntou a Cuquita como fariam para conseguir uma, e Cuquita lembrou-se que o compadre Julito tinha uma. Viajava sempre com ela, pois era-lhe muito útil para detectar vigaristas entre os assistentes aos seus espectáculos. Azucena cada dia ficava mais surpreendida com Cuquita. Resolvia-lhe todos os problemas. E ela que a menosprezara durante tanto tempo! Aquela mulher era realmente um génio. Foram rapidamente pedir emprestada a máquina ao compadre Julito e instalaram-na diante de Rodrigo. Seguidamente, puseram-lhe na cabeça os auriculares do *discman* para que ouvisse uma das árias de amor.

CD - 5

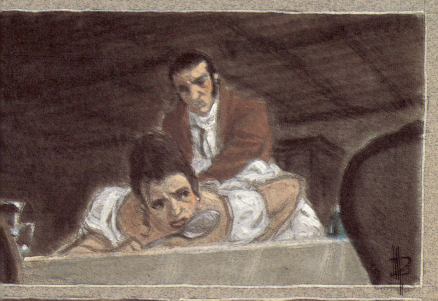

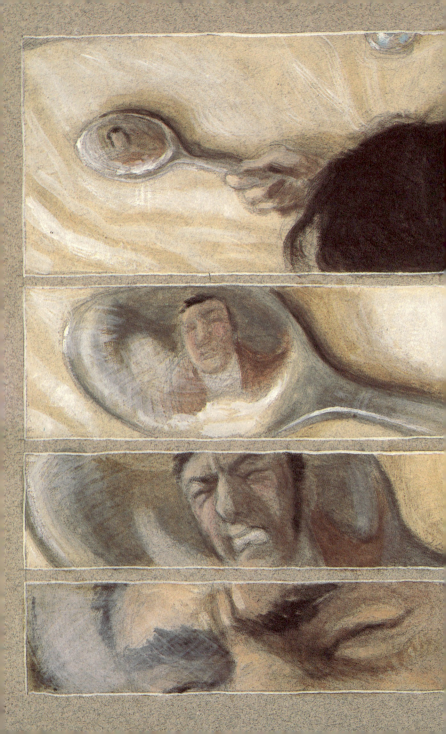

Depois desta imagem apareceram no ecrã simples linhas horizontais. Rodrigo, em jeito de evasão, adormeceu. Não conseguia ir mais longe. Aparentemente o seu bloqueio era muito mais poderoso que o de Azucena. De qualquer forma, as imagens que ela tinha na sua mão iam ser-lhe duma utilidade enorme. Como quem não quer a coisa, começara a folheá-las no sítio onde Rodrigo despertava. A primeira coisa que a impressionou foi descobrir que a sala de jantar daquela casa correspondia à mesma divisão que ela ocupara como quarto na sua vida em 1985. Azucena reconheceu os vidros duma das janelas como aquele que lhe caíra em cima no dia do terramoto. Fora isso, entre a sala de jantar da vida de Rodrigo e o quarto dela havia uma diferença abismal. A sala de jantar pertencia à época de esplendor da residência e o quarto à de decadência. Azucena suspendeu de repente as comparações. Aproximou do seu rosto uma das fotografias para apreciá-la em pormenor e descobriu que a colher que Rodrigo segurara na mão durante a violação era a mesma que ela vira em Tepito e que fora comprada pela amiga de Teo, o antiquário! Assim que regressassem à Terra, a primeira coisa que Azucena tinha de fazer era ir procurar Teo para que o levasse junto de sua amiga. Que bom seria que essa mulher conservasse ainda a colher! Para já, tinha de acabar a sessão com

Rodrigo. Tinha de harmonizá-lo. Não podia deixá-lo no estado em que estava. Azucena, pondo-lhe os dedos na testa, ordenou-lhe que acordasse e continuasse com a regressão. Rodrigo reagiu perfeitamente às suas indicações.

— Vamos ao momento da tua morte. Vamos lá ver por que motivo tinhas de ter a experiência que tiveste. Onde estás?

— Acabo de morrer.

— Pergunta ao teu guia o que é que tinhas de aprender?

— O que é uma violação...

— Porquê? Violaste alguém noutra vida?

— Sim.

— E o que é que se sente ao ser-se violado?

— Muita impotência... muita raiva...

— Chama o teu cunhado pelo seu nome e diz-lhe o que sentiste quando ele te violou.

— Pablo...

— Com mais força.

— Pablo...!

— Já está diante de ti, diz-lhe tudo...

— Pablo, fizeste-me sentir muito mal... magoaste-me muito...

— Diz-lhe o que sentes por ele.

— Odeio-te...

— Diz-lho com mais força. Grita-lhe na cara.

— Odeio-te... Odeio-te...

— O que é que sentes?

— Raiva, muita raiva... Sinto os braços carregados de raiva!

O rosto de Rodrigo deformou-se. Tinha as veias salientes. Os braços tensos e as mãos apertadas. A voz saía-lhe rouca e distorcida. Chorava desesperadamente. Azucena disse-lhe que tinha de continuar a gritar até que saísse toda a raiva encerrada. Para facilitar o desabafo deu-lhe uma almofada e ordenou-lhe que batesse nela com todas as suas forças. A almofada foi insuficiente para receber a fúria que uma violação deixa dentro dum organismo. Rodrigo, pouco depois de começar a bater nela, destroçou-a, o que foi muito bom, pois o seu rosto começou a mostrar alívio. O pior foi que todos na nave tiveram de se afastar para evitarem ser atingidos pelas pancadas, e a nave, que já não andava em muito boas condições, digamos, desestabilizou-se e começou a saltitar. A avó de Cuquita, que dormia profundamente, acordou entre o barulho. Os gritos de Rodrigo penetraram-lhe até ao fundo da alma e, no sono, conseguiu pronunciar: «Eu já disse, este é o mesmo bêbado de merda.»

Azucena conseguiu tranquilizar toda a gente. Explicou que Rodrigo já tinha descarregado a energia negativa e que daí em diante já não criaria qualquer problema. Não tinham por que ter medo algum. Todos voltaram para os seus lugares. A nave recuperou a calma. E ela pôde continuar com o seu trabalho.

— Muito bem, Rodrigo, muito bem. Agora temos de ir ao momento em que teve origem o problema entre ti e o teu cunhado. Porque tenho a certeza que foi noutra vida. Diz-me se o conhecias de antes.

— Sim... há muito...

— Onde viviam e qual era a tua relação com ele?

— Ele era mulher... Eu era homem... Vivíamos no México...

— Em que ano?

— Em 1527... Ela era uma índia que estava ao meu serviço...

— Vamos ao momento em que surgiu o problema. O que é que acontece?

— Eu estou em cima duma pirâmide, que dizem que é a Pirâmide do Amor, e ela chega... e eu... violo-a ali mesmo...

— Mmmm! Isso é interessante... Agora que já sabes o que se sente ao ser-se violado, que sentes por ela?

— Sinto-me muito triste por lhe ter provocado uma dor tão grande.

— Diz-lho. Chama-a. Conhece-la na tua vida presente?

— Não, nesta não, mas na outra sim. Ela era o cunhado que me violou.

— Mmmm! E depois de saberes o que sabes continuas a odiá-lo?

— Não.

— Então chama-o e diz-lhe isso. Sabes como se chama nessa vida?

— Sim. Citlali... Citlali, quero pedir-te perdão por te ter violado... eu não sabia que te estava a magoar tanto... Por favor, perdoa-me... estou muito triste pelo que te fiz... não era minha intenção magoar-te... eu só queria amar-te, mas não sabia como...

— Diz-lhe como é que pagaste o facto de tê-la violado... avança no tempo... vamos à vida imediatamente seguinte a essa... Onde estás?

— Em Espanha...

— Em que ano?

— Acho que é 1600 e pouco... Sou monge... Tenho barba e a cabeça rapada... Tento domar o meu corpo... Estou nu até à cintura, enterrado na neve... Há vento... tenho muito frio, mas tenho de vencer o meu corpo.

O corpo de Rodrigo treme dos pés à cabeça, via-se que estava cansado e angustiado, mas Azucena precisava de continuar o interrogatório.

— E aprendes a controlá-lo?

— Sim... Uma freira vem e despe-se à minha frente, mas eu resisto...

— Como é a freira?

— Bonita... tem um corpo lindíssimo... mas... é uma alucinação... não existe... a minha mente fabrica-a porque estou há vários dias sem comer para vencer a gula... Estou a morrer... estou muito fraco... arrependo-me de ter desperdiçado o meu corpo... a minha vida...

— Porquê? A que é que te dedicaste nessa vida?

— A nada... a controlar o meu corpo e os meus desejos... Mas custou-me muito...

— Mas alguma coisa boa deves ter feito... Procura um momento que te tenha dado muita satisfação...

— Não encontro nenhum... Não fiz nada... Bem, a única coisa útil que eu fiz foi inventar grosserias...

— Como é que foi isso?

— Os monges da Nova Espanha não queriam que os Índios aprendessem a insultar como os espanhóis, pois estes diziam constantemente «Me cago en Dios», e pediram-nos que inventássemos asneiras novas...

— Mmmm! Que interessante! Bem, então não foi uma vida totalmente desperdiçada, não achas?...

— Pois não, mas sofri muito...

— Diz isso a Citlali na vida em que a violaste... Diz-lhe que tiveste de padecer muito para pagar a tua culpa... Diz-lhe que foi muito duro aprender a controlar os teus desejos... Diz-lhe como sofreste.

Azucena deu algum tempo a Rodrigo para que falasse mentalmente com Pablo-Citlali e depois decidiu terminar a sessão.

— Bem, agora repete comigo: «Liberto-te da minha paixão, dos meus desejos. Liberto-me dos teus pensamentos de vingança, pois já paguei o que te fiz. Liberto-te e liberto-me. Perdoo-te e perdoo-me. Deixo sair toda a raiva que me mantinha unido a ti. Deixo-a circular novamente. Liberto-a e permito que a natureza a purifique e a utilize na regeneração das plantas, na harmonização do Cosmos, na disseminação do Amor.»

Rodrigo repetiu uma a uma as palavras que Azucena lhe disse e o seu rosto foi pouco a pouco enchendo-se de alívio. Descobriu que a dor das ancas desaparecera, e quando abriu os olhos, inchados de chorar, o seu olhar era completamente outro. Imediatamente o humor na nave melhorou e todos se sentiram imensamente felizes no resto da viagem.

Hacen estrépito los cascabeles,
el polvo se alza cual si fuera humo:
recibe deleite el Dador de la vida.
Las flores del escudo abren sus corolas,
se extiende la gloria,
se enlaza en la tierra.
Hay muerte aquí entre las flores,
en medio de la llanura!
Junto a la guerra,
al dar principio la guerra,
en medio de la llanura,
el polvo se alza cual si fuera humo,
se enreda y da vueltas,
con sartales floridos de la muerte.
Oh príncipes chichimecas!
No temas corazón mío!
en medio de la llanura,
mi corazón quiere
la muerte a filo de obsidiana.
Sólo eso quiere mi corazón:
la muerte en la guerra...

Ms. «Cantares Mexicanos», fol. 9 r.

Com o mesmo ímpeto com que o vulcão de Korma lançou escarradas de lava, assim o coração de Isabel bombeou sangue. Teve de fazê-lo como medida de emergência, pois assim que Isabel sentiu que podia ser alcançada pela lava, começou logo a correr como louca, deixando para trás os seus «gorilas». Ninguém conseguiu acompanhá-la. Correu e correu e correu até desmaiar. O medo de morrer calcinada entrou no seu corpo com a força de um furacão e disparou a sua alma em direcção ao espaço. O seu corpo, tentando recuperá-la, correu infrutuosamente atrás dela até não poder mais e cair ao chão. Não era a primeira vez que perdia os sentidos. Quando era nova era corredora de fundo, mas deixou de praticar esse desporto quando perdeu o controlo sobre o seu corpo. Com frequência, quando corria, o seu corpo, como um cavalo selvagem, desenfreava-se e não parava enquanto não se lhe esgotassem todas as forças. Geralmente corria sem motivo ou justificação. Bem, fugir da lava do vulcão era uma razão mais do que justificada, mas nem sempre era assim. A sua galgomania tinha a ver com uma inexplicável necessidade de fugir que lhe vinha do fundo da alma. O caso é que o seu corpo, extenuado pela corrida, caíra no chão justamente ao lado de Ex-Rodrigo, que, por sua vez, perdera os sentidos nas mãos da primitiva que o pusera K.O. de um só murro.

Quando Agapito e Ex-Azucena chegaram ao lado da sua chefe, ficaram alarmados. Desconhecendo completamente o passado corredor da sua patroa, não sabiam o que pensar. Isabel, aparentemente, estava completamente morta. Que contas prestariam ao partido no caso disso ser verdade?

Ex-Azucena sugeriu rapidamente que deviam acusar alguém de assassínio. Pensaram que o mais indicado era procurar o suspeito entre os aborígenes de Korma, pois como não falavam espanhol não podiam defender-se.

— O que é que achas deste? — perguntou Agapito, enquanto apontava para Ex-Rodrigo.

— Perfeito! — respondeu Ex-Azucena, e começaram o arraial de porrada.

Nisto estavam quando Isabel recuperou o conhecimento. Quando viu que os seus «gorilas» batiam selvaticamente naquele que ela julgava ser Rodrigo, gritou-lhes furiosamente.

— O que é que estão a fazer?

Agapito respondeu imediatamente:

— Estamos a interrogar este sujeito, chefe.

— Idiotas! Não lhe façam mal! — Isabel levantou-se e correu para junto de Ex-Rodrigo, e perante a atrapalhação dos seus «gorilas», começou a limpar-lhe o sangue que lhe saía do nariz. — Magoaram-te? — perguntou-lhe.

Ex-Rodrigo, que naquela altura já não era vítima dos efeitos da bebedeira e do K.O., reconheceu imediatamente Isabel como sendo a candidata à Presidência Mundial do Planeta e abraçou-se a ela desesperadamente. Com olhos chorosos, suplicou-lhe:

— Minha senhora Isabel! Que bom encontrá-la! Por favor, ajude-me! Não sei o que faço aqui, eu vivo na Terra e chamo-me Ricardo Rodríguez... a minha esposa trouxe-me numa nave e...

As palavras que Ex-Rodrigo dizia deixaram de ter interesse para Isabel. Afastou-o um pouco para o poder olhar nos olhos e pelo olhar apercebeu-se de que, efectivamente, aquele homem não era Rodrigo. Automaticamente repeliu-o do seu lado, com nojo sacudiu a porcaria que ele deixara agarrada à sua roupa e, para se certificar da sua descoberta, perguntou-lhe, apontando para Ex-Azucena:

— Conheces esta mulher?

Ex-Rodrigo, ao vê-la, ficou logo zangado.

— Claro que a conheço! Esta gaja deu-me um bom pontapé nos tomates! Julgava que estavas morta, cabrona, mas ainda bem que te encontro. Agora, sim, vais pagá-las!...

Ex-Rodrigo tentou lançar-se sobre Ex-Azucena, mas Agapito deteve-o.

— Acalma-te, pá, tu tocas nesta gaja e eu esmago-te os poucos tomates que ela te deixou!

Isabel ficou muito pensativa. Ela sabia muito bem que por muito que tivessem apagado a memória a Rodrigo, a imagem de Azucena devia estar gravada duma forma importante nas suas recordações por ser a que correspondia à sua alma gémea. Mas Ex-Rodrigo reagira com muita raiva, muito contra o que seria de esperar entre um par de almas gémeas. Aquela era a prova que ela esperava para verificar que estava perante um estranho. Quem era aquele homem? E o mais importante: onde estava a alma de Rodrigo? Para saber as respostas, entregou novamente Ex-Rodrigo aos seus «gorilas» e disse-lhes:

— Continuem a interrogá-lo!

Isabel tinha urgência em saber quem eram os autores intelectuais daquele acto censurável, pois punham-na em grande perigo. Começou a tremer. Um suor frio corria-lhe pelo pescoço. Não podia permitir que alguém se interpusesse no seu caminho. Ela tinha que ocupar a cadeira presidencial fosse como fosse, caso contrário nunca chegaria a tão ansiada época de paz para a humanidade. A verificação de que tinha inimigos escondidos forçava-a a assumir o estado de guerra. Não lhe restava outro caminho para obter a paz senão o da luta. Infelizmente, os seus «gorilas» não conseguiram extrair muita informação de Ex-Rodrigo, pois os outros membros da comitiva aproximavam-se já do sítio onde eles estavam. Não lhes convinha ter testemunhas do seu interrogatório. A única coisa que conseguiram extrair foi o nome de sua esposa, Cuquita, o da avó de Cuquita, o do compadre Julito e o de Chonita, o nome falso da nova vizinha, ou seja, Azucena. Assim que Ex-Rodrigo mencionou a nova vizinha, Isabel deu um salto.

— Essa tal Chonita chegou no mesmo dia em que morreu Azucena? — perguntou. E recebeu um sim rotundo como resposta. O facto de no mesmo dia em que levaram o corpo de Azucena ter chegado uma nova inquilina não podia ser uma simples coincidência. Que alguém lhe tivesse roubado a alma a Rodrigo, também não. Isabel, chegou rapidamente à conclusão de que Azucena, antes de morrer, mudara de corpo. Continuava viva! E que recuperara a alma de Rodrigo. Tinha de eliminá-la fosse de que forma fosse. Até ali tinham chegado os seus planos futuros. Não pôde planear a forma de acabar com Azucena porque a comitiva que a acompanhava na sua viagem já estava a seu lado e tinha de começar de novo com o seu papel de «santa». Todos estavam muito preocupados com ela. Tinham-na visto sair a correr como uma alma penada e ninguém conseguira apanhá-la. Um dos jornalistas que cobria a digressão de Isabel reparou em Ex-Rodrigo. Não demorou muito em reconhecer aquele homem como sendo o suposto cúmplice do assassino do senhor Bush. Isabel interveio imediatamente para não dar tempo a suposições. Informou todos os presentes que fora precisamente por esse motivo que ela desatara a correr como uma louca. Ela, tal como o jornalista, era muito boa fisionomista e de seguida reconhecera aquele homem e correra atrás dele até o apanhar. O homem já lhe confessara que tentara esconder-se em Korma, mas felizmente para todos ela descobrira-o e em breve as autoridades o teriam nas suas mãos. Para terminar, explicou que os sinais das pancadas que apareciam no corpo do delinquente eram fruto de uma tareia que os selvagens da tribo lhe tinham dado por o considerarem um intruso. Toda a gente felicitou Isabel pela sua coragem e tiraram-lhe muitas fotografias ao lado do «criminoso». Ao aperceber-se de que o «perigoso criminoso» de que estavam a falar era ele próprio, Ex-Rodrigo tentou protestar e declarar-se inocente, mas Isabel, com um rápido e quase imperceptível pontapé nos tomates, impediu-o. De seguida ordenou aos seus «gorilas» que levassem o presumível cúmplice do assassínio do senhor Bush para o interior da nave para lhe prestarem os cuidados médicos.

O jornalista quis enviar para a Terra a informação de tudo o que acontecera, mas Isabel convenceu-o a não fazê-lo, pois com isso só entorpeceria a investigação. Qualquer informação noticiosa sobre o caso poderia alertar os outros membros do grupo de guerrilha urbana a que aquele homem pertencia. O mais indicado era, portanto, manter a todo o custo o segredo, entregar o indivíduo à Procuradoria Geral do Planeta para que aí se procedesse à investigação e deixar que a judiciária se encarregasse da captura de todos os cúmplices que eram os seguintes: Cuquita, a avó de Cuquita, o compadre Julito e Azucena. O jornalista esteve de acordo com as sugestões de Isabel e decidiu guardar a sua nota para depois, sem saber que estava a deixar a porta aberta para que Isabel pudesse actuar por sua conta e eliminar todos antes de serem detidos.

Quem sabe se foi por causa do calor ou por ter saltado imensos obstáculos no caminho de regresso à nave, mas a verdade é que Ex-Azucena desmaiou antes de entrar para o transporte interplanetário. Ex-Rodrigo quis aproveitar o facto para fugir e Agapito teve de lhe dar outra sova.

* * *

Isabel encarregara-se de convencer toda a gente de que Ex-Rodrigo era um sujeito perigosíssimo e que o mais conveniente seria mantê-lo a dormir até chegarem à Terra. Barbaramente, tinham concordado com ela. Saber que aquele homem não podia falar com ninguém aliviara-a. Encerrou-se com os seus «gorilas» na sala de reuniões da nave espacial alegando razões de trabalho, mas o que Isabel realmente fazia eram paciências, e os seus pobres «gorilas» limitavam-se apenas a observar. Os jogos de paciência eram a sua paixão. Podia passar horas a fio colocando cartas. Sobretudo quando tinha muitas coisas na cabeça. Era como se, alinhando cartas, conseguisse levantar um dique entre o mar e a areia. Ou como se, mediante o controlo das cartas, controlasse também os seus pensamentos. Só as coisas que foram pensadas é que ficam sob o nosso domínio. Através dos jogos de paciência Isabel sentia que transformava a desordem em ordem, o caos em harmonia, em regularidade. Gostaria imenso de descobrir quem fazia parte do *complot* contra ela com a mesma facilidade com que destapava as cartas do baralho! Porque haver um plano para a destruir, lá isso havia. E ela tinha que descobrir quem estava por detrás dele antes que os seus inimigos dessem cabo da sua imagem que tanto trabalho lhe custara a construir. Que pena não poder regressar imediatamente à Terra! No seu caminho de regresso tinha forçosamente de passar por Júpiter. O Presidente desse planeta era muito poderoso e convinha-lhe muito garantir com ele um tratado de livre comércio interplanetário. Isso dar-lhe-ia enorme credibilidade e colocá-la-ia muito acima do seu opositor eleitoral. Por outro lado, não pensava que as negociações lhe ocupassem mais do que um dia, e enquanto Ex-Rodrigo estivesse a dormir ela não corria perigo, pois não acreditava que sacassem ao verdadeiro Rodrigo qualquer informação. Não havia forma de recuperar a sua memória. Bem, era o que esperava. Em que má hora se apaixonara por ele! Rodrigo era a única pessoa que ela não fora capaz de eliminar. E agora pagava as consequências. Por sua culpa estava metida até ao cu naquela confusão da qual seria muito difícil sair triunfante. Procurava tranquilizar-se pensando que não importava demorar mais um dia ou menos um dia. Mas era claro que quando chegasse à Terra ajustaria as contas com os rebeldes. Já tinha feito uma infinidade de ligações para todo o mundo tentando detectar quem mais estaria no complô contra ela, mas nada descobrira. Aparentemente, Azucena e os seus sequazes estavam a trabalhar por sua conta. Mas mesmo assim, Isabel não descartava um *complot* político de maiores dimensões.

Isabel sentia claramente como o medo lhe contraía o estômago, como alterava os seus sucos gástricos e como estes lhe ulceravam o cólon. Sabia que tinha de controlar-se, mas não conseguia. Os seus pensamentos dispersavam-se. Faziam o que queriam com ela. Não conseguia mantê-los no seu lugar. Por isso jogava jogos de paciência. Para não pensar. Para meter na ordem nem que fossem umas simples cartas. Elas eram as únicas que ainda ficavam sob o seu domínio. Bem, pensando bem, também os seus «gorilas» ficavam. Proibira-os, coitados, de fazerem o menor movimento ou o menor barulho que pudessem tirá-la da sua concentração, e eles obedeciam sem protestar.

O que não fazia muito caso dela, por assim dizer, era o computador. Isabel já tinha até um calo no dedo, pois andava a tentar ultrapassar o seu recorde de velocidade para entrar no livro do Guinness, e o raio do computador não a ajudava. Era uma pachorrenta de primeira apanha. Não conseguia acompanhar-lhe o ritmo. Isabel andava furiosa. Há vários jogos que tentava ganhar-lhe e não conseguia. Sentia no seu coração uma grande angústia e inconformismo. Se não ganhasse ainda tinha um enfarte. Se pelo menos tivesse um três vermelho de copas! Poderia assim subir o quatro e descobrir a coluna fechada.

Naquele preciso momento Ex-Azucena caiu no chão no meio de um barulho tremendo. Isabel deu um salto na cadeira e atirou-se para o chão. Tremia de medo. Pensou que alguém tinha aberto a porta de um pontapé com a intenção de assassiná-la. Ao não ouvir qualquer detonação, levantou a cabeça e apercebeu-se do que tinha acontecido. Agapito estava ao lado de Ex-Azucena tentando reanimá-lo. Isabel, furiosa, levantou-se e sacudiu a roupa.

— O que é que este gajo tem? É a segunda vez que desmaia hoje — perguntou a Agapito.

— Não sei, chefe.

— Pois tira-o daqui. Leva-o para que o médico o observe e voltas logo a seguir para tratar de mim... Ah, e verifica que o impostor continue a dormir.

Agapito pegou em Ex-Azucena e tirou-o da sala de reuniões.

Isabel ficou proferindo imprecações. Estivera prestes a ultrapassar o seu próprio recorde de velocidade e a interrupção do seu «gorila» fodera tudo. Agora, mesmo que terminasse o jogo que deixara a meio, já não poderia entrar no livro de Guinness. Ultimamente tudo lhe corria mal. Tudo se lhe estragava. Tudo cheirava a podre. Tudo, tudo... até ela própria. Ela? E aí, sim, foi quando se apercebeu que com o susto deixara escapar um peido. Um dos mais cheirosos que dera na sua vida. A culpa era da colite ulcerativa. E a culpa da colite era de Azucena. E a culpa de Azucena... não interessava. O que era urgente era fazer desaparecer o cheiro nauseabundo ou Agapito, quando regressasse, encontraria outra desmaiada. Tirou da mala um spray aromatizador que sempre trazia consigo para casos de emergência como aquele, e começou a borrifar a sala toda com ele. Estava nisto quando Agapito regressou com cara de compungido. Quando entrou franziu ainda mais o sobrolho, pois o cheiro a peido aromatizado era insuportável. Como bom «gorila» que ele era, fez um esforço sobre-humano e fez cara de «eu não cheiro nada». Isabel agradeceu-lhe e começou imediatamente o seu interrogatório.

— O que é que aconteceu? O que é que tinha?

— Este... trazia um microcomputador instalado na cabeça.

— Eu bem disse. Essa Azucena é de ter medo dela. Que planearia ela fazer com esse microcomputador? De certeza que seria algum negócio sujo. Bem, mas agora o que é que o médico vai fazer? Vai tirar-lho?

— Não, não pode.

— Porquê?

— Pois porque... poderia afectar-lhe... porque... está grávido.

— O quê, o quê? Raios o partam, querem ver que agora também me saiu puta! Traz-mo cá, quero falar com ele.

— Está aqui fora, chefe.

— Então está à espera de quê para entrar? Abre-lhe a porta.

Agapito abriu a porta e Ex-Azucena entrou com o rabo entre as pernas. Já sabia o que o aguardava. Ouvira perfeitamente os gritos de Isabel. Quando ela ficava zangada não havia porta capaz de isolar a sua voz. Era uma autêntica varina.

— O que é que aconteceu, Rosalío? O que é isso de estares grávido?

— Pois não sei, chefe.

— Pois não sei! Pois não sei! Não penso que sejas tão parvo que não saibas que ao desatar a foder que nem uma louca podias ficar grávido. Não podias esperar uns meses até acabar a minha campanha? Carago!

— Juro-lhe que nem tive tempo para essas coisas, o único que...

Ex-Azucena fez uma pausa e olhou com medo para Agapito. Tinha medo de confessar que o seu compadre Agapito era o único que lhe metera a mão na nave. Agapito, habilmente, interrompeu-o antes que ele o dissesse.

— Bem, senhora D. Isabel, permita-me que me meta no que não me diz respeito, mas acho que a gravidez não interfere em nada, pois temos nove meses até o menino nascer.

— Sim, é claro que sim. Mas, quanto dura a campanha?

— Seis meses.

— Mmmm, e para que achas que me vai servir este idiota com uma pança de seis meses? que «gorila» o respeitará e temerá se até agora já anda com desmaios e vómitos?

Ex-Azucena sentiu-se muito magoado com as palavras e o tom de voz que Isabel estava a utilizar para lhe ralhar. Apesar de tudo não era maneira de tratar uma grávida. Sem poder aguentar mais, desatou a chorar.

— Só me faltava mais esta! Começares a gritar! Embora daqui! Ficas despedido desde este momento e não te quero voltar a ver perto de mim, entendeste?

Ex-Azucena disse que sim com a cabeça e saiu da sala de reuniões.

À porta esbarrou com um dos analistas mentais que viajavam na nave. O analista ficou a olhar para ele com olhos de dó.

Nem queria imaginar sequer qual seria o destino daquele «gorila» assim que Isabel visse as fotomentais que lhe acabavam de tirar. Ex-Azucena, durante o tempo que durou a sua repreensão, estivera a desejar que Isabel se transformasse numa ratazana leprosa. As fotografias mostravam em pormenor a cara de Isabel no corpo duma ratazana inchada e cheia de vermes que bebia água num esgoto. Outra das imagens mostrava-a a andar no meio do lixo quando de repente lhe caía em cima uma nave espacial e a rebentava em mil de pedaços deixando escapar um gás nauseabundo. O analista ficou atónito quando entrou na sala de reuniões, pois julgou que o «gorila» tinha poderes sobrenaturais e que podia, com a mesma força com que projectava as suas imagens no ecrã, reproduzir os mesmos fenómenos físicos que a sua mente elaborava. A sala realmente cheirava a ratazana morta.

CD - 6

INTERVALO PARA DANÇAR

Qué cosa es el amor, medio pariente del dolor,
que a ti y a mí no nos tocó,
que no ha sabido ni ha querido ni ha podido.
Por eso no estás conmigo…

Porque no nos conocimos
y en el tiempo que perdimos
cada quien vivió su parte
pero cada quien aparte.
Porque no puede apagarse
lo que nunca se ha encendido,
porque no puede ser sano
lo que nunca se ha podrido.
Porque nunca entenderías
mis cansancios mis manías,
porque a ti te dio lo mismo
que cayera en el abismo.

Este amor que despreciaste
porque nunca me buscaste
donde yo no hubiera estado
ni me hubiera enamorado.

Por eso no estás conmigo.
Por eso no estoy contigo.

LILIANA FELIPE

Que pena tenho de não poder tranquilizar a mente de Isabel. Precisa urgentemente de descanso. Trabalhou como uma louca nas últimas horas. Não parou de lançar pensamentos negativos à toa. Esteve tão ocupada a suspeitar, a intrigar e a planear vinganças que pela primeira vez ficou incapacitada de seguir os meus conselhos. Tanto pensamento obnubilou-lhe a mente. Nergal, o chefe da polícia secreta do Inferno, já me veio repreender. Tenho de calar e tranquilizar Isabel seja como for. Sugeri-lhe que tomasse um banho de imersão para se descontrair, mas não pode. Está há um bom bocado sentada, nua, em cima da tampa da sanita, sem se atrever a entrar na água. Sem roupa sempre se sentiu insegura. O seu gosto pelo cinema acentuou este medo, pois viu que nos filmes sempre que o protagonista se mete no duche acontece um desastre, por isso agora, que realmente tem motivos para ser vítima dum atentado, nem a brincar quer meter-se no duche. Mas fazia--lhe muito bem! Digo eu, para relaxar. Preciso dela muito calma.

Antes da destruição há um período de calma em que a mente se clarifica e toma as decisões exactas. Se ela não puser de lado a sua actividade, não vai permitir que chegue a paz e não vamos poder entrar em acção. E a quantidade de coisas que há que violentar e destruir! É incrível que Isabel se tenha esquecido que a sua missão na Terra é propiciar o caos como parte da ordem no Universo. O Universo não pode permitir que a ordem se instale duma forma definitiva. Fazer isso significaria a sua morte. A vida surgiu como uma necessidade de equilibrar o caos. Se o caos terminar, a vida também terminará.

Se a alma de todos os seres humanos estivesse cheia de Amor e todos ocupassem o lugar que lhes corresponde, seria o fim do Universo.

Por isso é necessário criar todo o tipo de guerras e conflitos sociais que distraiam o homem da sua procura da ordem, da paz e da harmonia. Por isso é necessário encher o coração deles de ódio, confundi-los, atormentá-los, explorá-los, mantê-los continuamente ocupados. Por isso têm de ser instalados numa estrutura de poder piramidal, de forma a não poderem pensar por si próprios e a terem sempre uma ordem para executar, um superior em cima deles dizendo-lhes o que têm de fazer.

Porque no dia em que as células do seu corpo se libertassem da energia negativa entrariam em sintonia com a positiva e ficariam em condições de receber a Luz Divina, o que seria um desastre. Não posso permitir de forma nenhuma. E é para seu próprio bem. A alma humana é impura. Não está preparada para receber o reflexo luminoso de Deus. Se o fizesse no estado em que se encontra, ficaria cega. E ninguém deseja isso, não é verdade? Então estarão de acordo comigo em que é preciso evitar isso. A melhor forma de consegui-lo é pondo a cortina de fumo negro do ego diante dos seus olhos para que o homem não veja para além de si mesmo e não consiga captar mais reflexos que o do seu próprio ego projectado na menina dos seus olhos. E se porventura chegar a vislumbrar uma luz exterior, vê-la-á como um simples reflector que foi posto para dar mais brilho e presença à sua pessoa, e nunca como sendo a Luz Verdadeira. Assim é praticamente impossível que o homem se lembre donde vem e o que tem de fazer na Terra. Nesse estado de escuridão será muito fácil dispô-lo no seio duma estrutura de poder terrestre. Deixará a sua vontade ao serviço do seu superior e não oporá a menor resistência à execução das ordens que este lhe der.

As ordens transmitem-se verticalmente. E quem está até ao cimo da pirâmide? Os governantes. E a eles quem lhes diz o que têm de fazer? Nós, os Demónios. E a nós quem nos dá a linha? O Príncipe das Trevas, o encarregado de que o ódio permaneça no Universo. Sem ódio não haveria desejo de destruição. E sem destruição — repeti-lo-ei milhares de vezes, até o aprenderem — não há vida! A destruição faz parte dum plano realmente perfeito de funcionamento do Universo. O mesmo que Isabel está prestes a estragar.

Nunca pensei. Foi escolhida em várias vidas para ocupar o lugar mais alto dentro da pirâmide de poder e nunca tinha falhado. Faz-se respeitar e obedecer à força. Impõe as suas regras com profusão de crueldade. Sabe manter o trono à base de intrigas. Sabe mentir, trair, torturar, transigir, traficar, transgredir. As suas virtudes são inumeráveis, mas a mais importante talvez seja saber manter as pessoas ocupadas física e intelectualmente, sem tempo para entrar em harmonia com o seu ser superior e recordar a sua verdadeira missão na Terra. E então agora apaixonou-se! No pior momento, quando temos que travar o combate final e as acções de Azucena nos mantêm a todo o momento com o ai Jesus na boca. Estou realmente preocupado.

Quando uma pessoa está apaixonada, mantém a sua mente e o seu pensamento em sintonia com o ser que se ama. Quando uma pessoa se coloca na sintonia do amor, abre a porta ao Amor Divino, e se este se infiltra na alma estamos perdidos, pois tal como acontece com o ser amado, quando uma pessoa conhece o Amor Divino só deseja sentir a sua presença no seu interior. Nesse dia Isabel esquecer-se-ia de que nasceu para destruir. Deixaria de trabalhar para nós e passaria para o outro lado, para o terreno da criação, da harmonia, da ordem. Só lhe era permitido pôr as coisas no seu lugar no jogo da paciência, porque enquanto estava ocupada a colocar as cartas ficava num estado de tranquilidade mental que nós aproveitávamos perfeitamente para lhe darmos instruções, mas agora nem sequer o jogo da paciência lhe acalmou a mente. Depois de jogar horas a fio, a única coisa que conseguiu foi uma dor de cabeça espantosa que ninguém conseguiu tirar-lhe. A ideia de que dentro da sua equipa há alguém que a anda a trair não a deixa viver. Sabe que deve forçosamente haver um traidor nalgum sítio, de outro modo não se entende que Azucena continue viva. Alguém a deve ter avisado do atentado contra ela e fornecido a solução: a troca de corpos. Começou a afastar-se de todos os seus colaboradores, pois em cada um deles ela vê um traidor. Dedica-se a estudá-los e a esperar que cometam um erro para os descobrir.

Estar ocupada com os outros impede-a de se concentrar no seu estado interior. Ela nunca gostou de ver-se a si própria. Nunca. Nem sequer no espelho. O que é lógico, pois os espelhos reflectem a imagem do que ela realmente é. Geralmente, quando as pessoas não gostam da sua imagem, ou à partida não a querem ver, criam um reflexo da pessoa que gostariam de ser, e dessa forma deixam de olhar para si próprias para se transformarem na imagem falsa.

Os desejos actuam como espelhos. Quando Isabel diz estar empenhada em destruir Azucena, o que realmente ela quer é destruir-se a si própria. Eu acho muito bem, porque nada tenho contra a destruição, mas interrogo-me se Isabel pensará a mesma coisa. Ultimamente parece que, esquecendo os meus ensinamentos, tem medo de destruir. É uma pena ela estar cheia de medos e remorsos. Não quer aceitar que agiu mal quando deixou Rodrigo com vida, a única fraqueza que ela teve na vida. Agora não tem outro remédio senão eliminá-lo, e não quer. São este e outros juízos que a sua mente elabora que estão a separá-la de mim. Os juízos desligam sempre uma pessoa da vida. Pensar se se deve fazer isto ou aquilo ou ir daqui para ali provoca grande desassossego. A resposta correcta está no nosso interior, mas para a ouvirmos é necessário o silêncio, a calma, a paralisia. Quem dera que Isabel se tranquilizasse depressa e perdesse o medo. Uma pessoa não deveria ter medo dos seus actos, pois a energia do Universo é sempre dual: masculina e feminina, negativa e positiva. Nela, o Bem e o Mal estão sempre unidos; o medo e a agressão, o êxito e a inveja, a fé e o temor. Portanto, uma pessoa nunca pode tomar uma decisão errada. O que fizermos nunca estará mal se realmente agirmos seguindo os nossos sentimentos. Estará mal para nós apenas se deixarmos que os juízos intervenham, se a mente der acolhimento à culpa. Porque se uma pessoa pusesse de lado a razão e se ligasse directamente à vida onde o Bem e o Mal andam de mãos dadas, se uma pessoa vivesse de acordo com a vida, descobriria que nada há de mau no Universo, que cada partícula traz no seu interior a mesma capacidade para criar e destruir. Mais ainda, eu, Mammon, existo graças à autodestruição de Isabel. Isto limita-me enormemente, mas significa que, se ela perdesse essa capacidade, eu desapareceria automaticamente da sua vida. E isso seria realmente muito triste!

O apartamento de Azucena recuperava a ordem. Cuquita estava em plena mudança. Já não havia qualquer problema para ela regressar ao seu apartamento para viver calmamente na companhia da sua avó. Azucena propusera-lhe que ficasse com ela mais uns dias, mas Cuquita recusara-se. Azucena insistira várias vezes sem conseguir convencê-la. A sua obstinada proposta não era devido tanto a pensar que fosse sentir a falta da sua vizinha, mas sim porque Cuquita planeava levar consigo Rodrigo. Cuquita, por seu lado, fazendo gala de teimosia deu a Azucena milhares de razões pelas quais tinha de se mudar com tudo e com Rodrigo. A mais convincente foi a de que para toda a vizinhança Rodrigo, ou melhor, o corpo que ele ocupava, era o marido de Cuquita. Ninguém sabia que aquele corpo seboso albergava uma alma boa e evoluída. Por outro lado, ninguém estava interessado que a populaça soubesse, por isso, para não levantar suspeitas, o mais conveniente era Rodrigo mudar-se para a portaria.

— A sério que não tem que ficar preocupada, ele só vai ser o simples *block* — disse-lhe ela. É claro que Cuquita dizia isto da boca para fora, porque no fundo não era nada tonta e queria Rodrigo para ela sozinha. E sobretudo queria mostrar às outras vizinhas que o seu esposo finalmente tinha recuperado.

O pobre do Rodrigo é que, além de continuar a viver na confusão total, era muito prejudicado com a decisão. Tinham-no informado que teria de aparentar ser o esposo de Cuquita, que, embora não fosse a sua esposa real, era, isso sim, a esposa do corpo que ele ocupava, e que lhe convinha fingir o melhor possível para seu próprio bem, pois se as pessoas soubessem da sua verdadeira personalidade a sua vida ficaria em perigo. Ele não pudera perguntar nada. Na sua amnésia, não estava em situação de se impor. A única coisa que suplicara era que explicassem muito bem à avó de Cuquita como era a situação, pois ela continuava a confundi-lo com Ricardo Rodríguez e, por conseguinte, tratando-o ao pontapé. Sentia-se muito mal. Não lhe agradava nada a ideia de viver ao lado daquelas mulheres que nem eram da sua família nem nada e que, para cúmulo, cobravam muito caro o favor que lhe faziam escondendo-o em sua casa. Tinham-no posto a meter todas as coisas nas malas enquanto elas gozavam a vida. Quanto gostaria de recuperar quanto antes a memória para poder regressar para junto da sua verdadeira família, mas para isso tinha de trabalhar muito no campo do seu subconsciente. Tinha tanta necessidade em ter uma sessão de astranálise com Azucena! Mas Azucena adiava sempre esse momento. A desculpa que lhe dava era que ele primeiro tinha de concluir a mudança para poder dedicar-lhe todo o tempo possível sem qualquer pressão. Bem, isto foi o que Azucena lhe disse, mas a verdadeira razão era que ela estava à espera que Cuquita e a avó dela se fossem embora para ter a sessão a sós com ele, sem intrometidas ao lado. Entretanto, todos tentavam tirar proveito dos últimos minutos que passariam juntos. Cuquita pusera-se a ver a televirtual à sua vontade, a avó, a dormir ao solinho do terraço antes de se remeter novamente para o frio e húmido apartamento onde moravam, e Azucena a utilizar a *Ouija* cibernética antes que a dona a levasse.

Pusera uma das folhas da violeta sul-africana na retorta com o líquido especial fabricado por Cuquita e de seguida começara a receber pelo fax imagens de tudo o que a planta vira na sua vida. A maioria delas não tinham qualquer importância. Azucena já estava quase a ficar aborrecida quando apareceu uma fotografia que fez com que ela desse um salto na cadeira. Viam-se nela os dedos do doutor Díez a introduzir cuidadosamente um microcomputador dentro do ouvido de... nada mais nada menos que ISABEL GONZÁLEZ! Aquela fotografia confirmava várias coisas. Em primeiro lugar, que aquela Isabel não era santa nenhuma. Em segundo, que o doutor Díez lhe fabricara uma, senão mesmo várias vidas falsas dentro daquele microcomputador. Em terceiro, se ela tinha precisado duma vida falsa era porque tinha um passado muito obscuro que se fosse conhecido a impediria de ser Presidente. E quarto, que a violeta sul-africana era uma testemunha importantíssima da implantação do aparelho! E não era só isso! A violeta sul-africana também presenciara o assassínio do doutor. Com grande profusão de pormenores, foram aparecendo as fotografias onde se via os «gorilas» de Isabel a alterar os cabos do alarme de protecção da cabina aereofónica do consultório do doutor Díez com o objectivo de provocar a sua morte. Bendita Cuquita e sua *Ouija* cibernética! Graças a elas descobrira o que parecia ser a ponta de um iceberg. Tinha nas mãos elementos para acusar Isabel. Tinha de pôr as fotografias num lugar muito seguro. Mas antes tinha de deitar água na violeta sul-africana. Coitada, estava mesmo muito murcha, pois durante a viagem a Korma ninguém a regara. Não podia deixar que morresse, pois era a sua testemunha chave. Onde ficara? Deixara-a em cima da mesa e desaparecera misteriosamente. Azucena começou a procurá-la como uma louca entre as malas de Cuquita. Rodrigo, quando viu que ela andava a desfazer o trabalho dele de toda a manhã, enfureceu-se com ela e envolveram-se numa tremenda discussão que acabou quando ele, finalmente, confessou que a pusera na casa de banho. Azucena foi a correr resgatá-la e deixou Rodrigo a falar sozinho.

Naquele preciso instante a porta do aerófono abriu-se e apareceram Teo e Citlali. Rodrigo ficou mudo ao ver Citlali. Pôs no rosto a mesma expressão de quando a viu pela primeira vez. Às vezes, é realmente uma vantagem enorme não se ter memória, pois ao não nos lembrarmos das más coisas que outras pessoas nos fizeram, podemos vê-las sem qualquer preconceito. De outro modo, a lembrança converte-se numa barreira tremenda para a comunicação. Ao vermos uma pessoa que anteriormente nos magoou, dizemos: «Esta pessoa é má porque me fez isto ou aquilo.» Uma pessoa tem de ignorar o passado para estabelecer vínculos saudáveis e dar oportunidade a que as relações aumentem até onde têm de aumentar. Ao não se ter memória, não existem os preconceitos. Os juízos, em definitivo, aproximam-nos ou afastam-nos dos outros, e é preciso saber pô-los de lado para se poder captar a verdadeira essência de qualquer pessoa. Isto parece muito fácil, mas não é. A maioria das pessoas fabricam juízos constantemente para dissimular a sua incapacidade para captar este tipo de energia tão subtil. Que é muito alto, que pertence ao partido da oposição, que é estrangeiro, tudo isto se converte numa barreira inultrapassável e a intolerância domina-nos. Assim que conhecemos uma pessoa, atiramos-lhe com os nossos juízos para ver como ele reage; se os compartilhar, aceitamo-lo; se não, dedicamo-nos a procurar destruir os seus juízos para impormos os nossos, convencidíssimos de que o outro pobre está muito mal ao pensar de forma diferente de nós. É sectário quem só aceita pessoas que pensam como ele. É inquisidor quem, em nome da verdade, mata quem não está de acordo com as suas ideias. Deveríamos amar e respeitar o pensamento de todos, mesmo que não estejam de acordo com os nossos, pois as ideias são mutáveis. De um dia para o outro o nosso mundo de crenças pode mudar, e apercebemo-nos da quantidade de tempo que perdemos a discutir e a lutar até à morte com alguém que, curiosamente, pensava como agora pensamos nós. A única coisa imutável é o Amor, pois é só um e é eterno. A vida seria tão fácil e suportável se fôssemos capazes de nos olharmos nos olhos com a mesma entrega e inocência com que Citlali e Rodrigo se olhavam.

Azucena ficou cheiinha de ciúmes quando regressou com a violeta sul-africana na mão. Quase lhe saíram as lágrimas dos olhos quando se apercebeu que ela, que era a alma gémea de Rodrigo, não fora capaz, até àquele momento, de inspirar um olhar tão perfeito.

Teo, que tinha uma extrema sensibilidade, apercebeu-se de tudo e, procurando desanuviar a situação, iniciou as apresentações formais entre Rodrigo, Citlali e Azucena. Seguidamente, explicou a Azucena que, tal como lhe tinha prometido, falara com Citlali e esta aceitara emprestar a sua colher para ser analisada. Ainda não tinha Citlali acabado de dar a colher a Azucena e Cuquita entrava na sala aos gritos. A avó interrompeu um longo ronco, Rodrigo e Citlali voltaram à realidade e Teo e Azucena fizeram cara de «o que é que se passa?» Cuquita pediu a todos que a acompanhassem ao quarto, onde tiveram a maior surpresa da sua vida. No quarto estavam as imagens virtualizadas de todos eles pelo motivo de serem acusados de pertencerem a um grupo de guerrilha urbana que pretendia desestabilizar a paz do Universo. A única que não aparecia televirtuada, e, curiosamente, era a culpada de toda a confusão, era Azucena, quem, por estar na posse de um corpo sem registo ainda não fora localizada.

A voz de Abel Zabludowsky transmitia um serviços de notícias especial.

— Hoje, a Procuradoria Geral do Planeta revelou os nomes das pessoas que pertencem ao grupo guerrilheiro que tem vindo a devastar a população com os seus actos de violência — a câmara focou o marido de Cuquita. — Imediatamente se deram as ordens de captura de Ricardo Rodríguez, conhecido por Iguana — agora a câmara focou Cuquita. — Cuquita Pérez de Rodríguez, mais conhecida por Jitomata — a seguir veio o *close up* da avó de Cuquita. — Dona Asunción Pérez, mais conhecida por Poquianchi — finalmente, a câmara focou o compadre Julito. — E Julio Chávez, mais conhecido por Moco. O Governo do Planeta não pode nem deve ficar indiferente perante este tipo de violações da constituição. A fim de proteger a população e evitar novos actos de violência deste grupo guerrilheiro que é uma ameaça contra a ordem pública...

Citlali não quis ouvir mais. Tirou das mãos de Azucena a sua colher, desculpou-se dizendo que deixara os feijões no lume e tentou sair imediatamente. Teo procurou convencê-la a ficar, argumentando a favor dos acusados. Ele não pensava que aquela gente fosse culpada do que quer que fosse. Azucena agradeceu-lhe na alma a sua confiança. Cada dia sentia mais apreço por aquele homem. Citlali insistiu que queria sair e prometeu que não diria a ninguém que os conhecera.

— Quem são os assassinos? — perguntava, insistentemente, a avó.

— Nós, avó — respondeu-lhe Cuquita.

— Vocês?

— Sim, e tu também.

— Eu? Ora essa! Então como e quando?

Ninguém conseguiu responder-lhe o que quer que fosse porque uma bazucada destruiu a porta do edifício. Obviamente, iam já buscá-los.

* * *

Um grupo de «gorilas» irrompeu no edifício. À frente vinha Agapito. Agapito, de um pontapé, deitou abaixo a porta da portaria. Não encontraram ninguém dentro do apartamento. Agapito deu ordem para passarem a pente fino o edifício. Os seus homens começaram a subir as escadas. Os moradores que encontravam à sua passagem afastavam-se muito assustados. Agapito e os seus homens batiam em todo aquele que se atravessasse no seu caminho. De repente, as suas pancadas deixaram de dar no alvo. Não demoraram muito tempo a aperceber-se de que a causa da sua falta de pontaria era um tremor de terra. Não há dúvida que a natureza tem o maravilhoso poder de igualar os seres humanos. O terramoto movia à sua vontade polícias e civis. Os inquilinos, procurando fugir primeiro dos polícias e depois do tremor, começaram a descer as escadas histericamente. Agapito disparou para o ar. Todos gritaram e se atiraram para o chão. Agapito ordenou aos seus homens que ignorassem o tremor e continuassem a subir as escadas.

O compadre Julito, ao sentir o terramoto, saiu do seu apartamento como uma bala. Não queria morrer esmagado. Nas escadas tropeçou em Agapito e os seus homens. A primeira coisa que pensou foi que aqueles homens vinham à sua procura. Porquê? Podia ser por milhares de razões. Andara toda a sua vida em actividades ilegais. Após uns instantes chegou à conclusão de que seria melhor entregar-se. A hora de prestar contas tinha chegado. Qual quê! Deu um passo em frente e arrependeu-se imediatamente. Pensando bem, os seus delitos não eram para tanto. Além disso, a quantidade de armas que aqueles «gorilas» traziam eram suficientes para controlar um exército completo e não um simples palanqueiro. O mais provável era ele estar a reagir paranoicamente e aqueles homens não lhe queriam fazer mal nem nada parecido. Uma bazucada que foi dar a centímetros da sua cabeça foi a prova de que ele estava no bom caminho. Não queriam prendê-lo. Queriam matá-lo!

Tinha de fugir o mais depressa possível. Com desespero, começou a subir as escadas. No patamar do terceiro andar encontrou Azucena, Cuquita, a avó desta, Rodrigo, Citlali e Teo, que também tentavam fugir. A primeira que ele ultrapassou na sua corrida foi a avó de Cuquita, a qual, devido à sua cegueira e à sua avançada idade, vinha na retaguarda. Depois ultrapassou Cuquita, que subia lentamente transportando a sua *Ouija* cibernética. Depois, Citlali, que era levada à força por Teo, pois não queria fugir ao lado dos supostos criminosos. A seguir ultrapassou Azucena, que se detinha com frequência para esperar os outros, e, por fim, ultrapassou Rodrigo, que ia à frente pois não se preocupava com mais ninguém senão com ele mesmo.

As escadas moviam-se de um lado para o outro. As paredes pareciam estar a fazer «ondas» num estádio de futebol. Ao princípio até parecia que o terramoto estava do seu lado, pois os «gorilas» não conseguiam acertar-lhes, mas de repente o terramoto voltou-se contra eles. Começaram a cair-lhes tijolos e vigas de aço no seu caminho. Cuquita pediu ajuda. A avó não podia continuar e ela não podia auxiliá-la, pois tinha nas mãos a *Ouija*, o elemento de prova contra Isabel. Azucena voltou para a auxiliar. A avó agarrou-se com força ao braço dela. Sentia-se terrivelmente insegura a caminhar naquelas escadas que antes conhecia de cor e agora estavam cheias de obstáculos. Era horrível dar um passo e descobrir que faltavam degraus às escadas ou sobravam pedras no caminho.

O braço de Azucena dava-lhe um apoio firme. Sabia conduzi-la muito bem no escuro. A avó segurou-se a ela e não a soltou nem quando a sua vontade de continuar a viver se deu por vencida. Mais ainda, Azucena nem sequer reparou que a avó acabara de morrer, porque a mão dela continuava agarrada ao seu braço como um burocrata ao orçamento. Também não sentiu quando no seu corpo penetraram três balas. A única coisa que sentiu foi que o escuro se intensificava. Todos desapareceram da sua vista. A única coisa real era o tubo de um caleidoscópio escuro por onde caminhava acompanhada pela avó de Cuquita. No fim avistava-se um pouco de luz e algumas figuras. Azucena começou a suspeitar que algo de estranho lhe estava a acontecer quando entre entre aquelas figuras reconheceu a de Anacreonte. Anacreonte recebeu-a com os braços abertos. Azucena, deslumbrada pela sua Luz, esqueceu as pequenas rixas que tivera com ele e fundiu-se num abraço. Sentiu-se querida, aceite, leve. Instantaneamente deixou de sentir o peso dos seus problemas, a sua solidão... e a avó de Cuquita. Por fim a avó soltara-se dela e caminhava em direcção à Luz. E então naquele momento Azucena compreendeu que tinha morrido e ficou triste ao saber que não cumprira a sua missão. Por fim lembrara-se qual era. Quando uma pessoa está alinhada com o Amor Divino é muito fácil recuperar o conhecimento. O difícil é manter essa lucidez na Terra, no campo de batalha. Para começar, assim que uma pessoa desce à Terra perde logo a memória cósmica. Tem de recuperá-la pouco a pouco e por entre a luta diária, os problemas, a vulgaridade mundana, as necessidades humanas. O mais comum é perder o rumo. É parecido com o caso de um general que planifica muito bem a batalha no papel, mas que quando está no meio do fumo e das espadeiradas se esquece da estratégia original. A única coisa que o preocupa é sair salvo e são. Só os iniciados sabem muito bem o que têm que fazer na Terra. É uma pena que todos os outros só se lembrem disso quando já nada podem fazer. Para pouco lhe servia a Azucena ter-se lembrado de qual era a sua missão. Já não tinha um corpo disponível para a executar. Assustada, olhou para Anacreonte e suplicou-lhe que a ajudasse. Não podia morrer. Agora não! Tinha de continuar a viver fosse como fosse. Anacreonte explicou-lhe que já não havia remédio. Uma das balas destroçara-lhe parte do cérebro. O desespero de Azucena era infinito. Anacreonte disse-lhe que a única solução possível seria pedirem autorização para pegar no corpo que a avó de Cuquita acabava de ocupar. O inconveniente era esse corpo ter muita idade, não contar com o sentido da visão, estar cheio de achaques e não lhe servir para muito. Azucena não se importou. Estava realmente arrependida de ter sido uma néscia, de ter cortado a comunicação com Anacreonte, de não se ter deixado conduzir e de não cooperar com a importante missão de paz que lhe tinham atribuído. Prometeu portar-se muito bem e corrigir os seus erros se a autorizassem a descer. Os Deuses compadeceram-se do seu sincero arrependimento e deram instruções a Anacreonte para que desse a Azucena uma revisão rápida da Lei do Amor antes de a deixar encarnar novamente. Anacreonte conduziu Azucena a uma sala de cristal e introduziu-lhe na testa um diamante cristalino e diáfano que produzia faíscas multicolores no momento de receber a Luz. Era uma medida de precaução, pois Anacreonte sabia muito bem que «génio e figura até à sepultura». Naqueles momentos Azucena estava muito arrependida e disposta a tudo, mas assim que descesse à Terra certamente se esqueceria de novo das suas obrigações e, à menor provocação, permitiria que a nuvem negra da contrariedade lhe cobrisse a alma, escurecendo-lhe o caminho. No caso disso acontecer, o diamante encarregar-se-ia de captar e disseminar a Luz Divina no mais profundo da alma de Azucena. Dessa forma não havia a mais mínima possibilidade de ela perder o rumo. Seguidamente passou a explicar-lhe da forma mais simples e rápida a Lei do Amor, em jeito de revisão e não de reprimenda.

— Querida Azucena — disse-lhe ele. — Toda a acção que realizarmos repercute-se no Cosmos. Seria uma arrogância tremenda pensar que somos o todo e que podemos fazer o que nos apetecer. Somos o todo, mas somos um todo que vibra com o Sol, com a Lua, com o vento, com a água, com o fogo, com a terra, com tudo o que se vê e o que não se vê. E tal como o que está fora determina o que somos, assim também tudo o que pensamos e sentimos se repercute no exterior. Quando uma pessoa acumula no seu interior ódio, ressentimento, inveja, raiva, a aura que o rodeia torna-se negra, densa, pesada. Ao perder a possibilidade de captar a Luz Divina, a sua energia pessoal diminui e, logicamente, a que a rodeia também. Para aumentar o seu nível energético, e com ele o nível de vida, é necessário libertar essa energia negativa. Como? É muito simples. A energia do Universo é una. Está em constante movimento e transformação. O movimento de uma energia produz um deslocamento de outra. Por exemplo, quando uma ideia sai da mente, a sua passagem abre um caminho no Éter e deixa atrás de si um espaço vazio que será necessariamente ocupado, segundo a Lei da Correspondência, por uma energia de qualidade idêntica à que saiu, pois foi deslocada no mesmo nível. Isto é: se uma pessoa lançar uma ideia de onda curta, receberá energia de onda curta, porque foi nesse nível de vibração que se lançou a ideia original. Como nas estações de rádio, a sintonia mantém-se. Se uma pessoa sintonizar a *Charrita del Cuadrante*, ouvirá a *Charrita del Cuadrante*. Se uma pessoa quiser ouvir outra estação, terá de mudar de sintonia. Portanto, se uma pessoa enviar ondas de energia negativa, receberá ondas negativas.

Ora bem, existe outra lei que diz que a energia que permanece estática perde força e a energia que flui aumenta. O melhor exemplo é dado pela água do rio e pela água do lago. A do lago está estática e portanto tem a sua capacidade de crescimento restrita. A do rio circula e aumenta na medida em que se nutre dos ribeiros que encontra no seu caminho. Vai crescendo e crescendo até chegar ao mar. A água do lago nunca poderá converter-se em mar. A do rio, sim. O mar nunca caberá num lago. Mas o lago no mar, sim. A água estagnada apodrece, a que flui purifica-se. O mesmo acontece com uma ideia que sai da nossa mente. Por isso se diz que, se uma pessoa fizer o bem, este voltará a ele ampliado sete vezes. A razão é que no caminho ele vai nutrir-se de energia da mesma afinidade. Por isso se deve ter cuidado com os pensamentos negativos, pois correm com a mesma sorte.

Se as pessoas soubessem como funciona esta lei, não estariam tão empenhadas em acumular pertences materiais. Vou-te dar um exemplo muito grosseiro. Se uma senhora tiver o seu armário cheio de roupa e quiser mudar o seu vestuário, tem de deitar fora a roupa velha, pô-la em circulação para que a nova venha. De outra forma é impossível, pois todos os cabides estão ocupados e não há forma de aumentar o espaço dentro do armário. Tem um espaço limitado. O mesmo acontece com o Universo. Não aumenta. A energia que se move dentro dele é a mesma, mas está em constante movimento. De cada um depende o tipo de energia que vai entrar em circulação dentro do corpo. Se mantivermos o ódio dentro do corpo, como a roupa velha, não deixará espaço para o amor. Se se quiser que o amor chegue à vida, será preciso livrarmo-nos do ódio seja como for. O problema é que, segundo a Lei da Afinidade, ao deslocar ódio recebe-se ódio. A única solução é transformar a energia do ódio em amor antes que saia do corpo. A encarregada destas tarefas era a Pirâmide do Amor. Por isso é muito importante que a ponhas novamente a funcionar. Sei que te estamos a confiar uma missão quase, quase, impossível, mas também sei que podes perfeitamente com ela. Eu, por causa das dúvidas, estarei sempre a teu lado. Não estás só. Lembra-te. Tens-nos a todos contigo. Desejo-te muita sorte.

Com estas palavras, Anacreonte deu por terminada a que julgava breve, mas acabou por ser longa, revisão da Lei do Amor. A seguir deu a Azucena um amoroso abraço e acompanhou-a no seu regresso à Terra.

* * *

Azucena nunca soube muito bem como é que Agapito e os seus «gorilas» conseguiram escapar. Foi realmente dramático o seu regresso à Terra no corpo duma cega. Não só porque foi um momento crítico, como também porque era muito complicado manipular um corpo desconhecido. Da primeira vez que mudara de corpo não tivera muitos problemas, pois entregaram-lhe um corpo novinho, em contrapartida este agora estava velho e cheio de manhas. Azucena teria que domá-lo pouco a pouco, até saber quais eram os seus detonadores, os seus estímulos, os seus gostos e os seus desgostos. Primeiro tinha de começar por aprender a caminhar sem contar com o sentido da visão e utilizando umas pernas reumáticas. O que não era nada fácil. Não ver é que a deixava completamente desesperada. Nunca soubera como se tinham salvo dos «gorilas» de Isabel. Apenas se apercebera que umas mãos masculinas a puxaram, a ajudaram a subir por entre os sons das balas e da infinidade de obstáculos em que tropeçava minuto a minuto. Houve um momento em que caiu ao chão e o seu corpo deixou de lhe responder. Doía-lhe até à alma. Uma pontada penetrante nos joelhos não a deixava levantar-se. As mãos de homem levantaram-na em peso e transportaram-na até à nave do compadre Julito, que estava estacionada na açoteia do edifício. Correu com tanta sorte que nem uma única bala disparada contra ela atingiu o alvo. Atravessaram todo o percurso como se estivessem em casa. E foi justamente quando acabavam de entrar no aparelho e fechar a porta que uma chuva de balas bateu na nave. Fora uma fuga muito feliz, pois ninguém saiu ferido de gravidade. Na contagem das perdas não se passou de algumas raspadelas e uma ou outra contusão. Exceptuando o corpo de Azucena, que morrera, todos estavam sãos e salvos. A nave elevou-se rapidamente por entre os festejos dos seus ocupantes.

Só quando o susto já tinha passado é que Azucena começou a tomar consciência do que tinha acontecido. Estava viva! No corpo duma cega, mas enfim viva. Todos lhe tinham dado as boas-vindas e estavam muito contentes por ela estar no meio deles. Azucena agradeceu-lhes com toda a alma. Inclusivamente Cuquita, que sofrera a perda da sua avó, se alegrou por ela. Percebia perfeitamente que a avó já tivesse cumprido o seu tempo na Terra e achava muito correcto que a sua vizinha ocupasse o corpo que a querida velha desocupara. Azucena sentiu-se muito bem. A única coisa que tinha que fazer era aprender a andar no escuro e já. Estava tão grata aos Deuses por a terem deixado voltar à Terra que não via o lado negativo do estado em que se encontrava. Mais ainda, achava que a sua cegueira lhe podia trazer enormes vantagens. As formas e as cores distraem demasiado a atenção. A sua nova condição obrigava-a a concentrar-se em si mesma, a olhar para dentro de si, a procurar imagens do passado. Além disso, «longe da vista, longe do coração». Já não tinha que ser testemunha dos olhares que Rodrigo e Citlali lançavam um ao outro. Mas esquecia-se de um pequeno pormenor. Os cegos compensavam a falta do sentido da visão com o da audição. Azucena descobriu com horror que podia ouvir sem dificuldade até o delicado esvoaçar duma mosca, para já não falar da conversa que mantinham Rodrigo e Citlali. Ouvia com toda a clareza como se desenvolvia o galanteio entre os dois. Os risos, o namoriscar, as insinuações.

Acabou-se o seu optimismo. Os ciúmes regressaram à sua vida como que por artes de mágica. A sua paz durara apenas uns instantes. Novamente a insegurança e o receio se apoderaram da sua mente, e ficou imediatamente deprimida. Sentiu que podia perder Rodrigo para sempre. O que mais a desesperava era descobrir que ele estava muito mais cego do que ela. Pela sua conversa adivinhava-se que estava louco por Citlali. Como era possível? Que tinha Citlali para lhe oferecer? Um corpo bonito, sim, mas por muito que lhe desse nunca se poderia comparar com o que ela — sua alma gémea! — lhe podia dar. Como era possível que Rodrigo perdesse o seu tempo em tontices? Como era possível que não se apercebesse que ela, Azucena, o amava mais que ninguém e podia fazer dele o homem mais feliz do mundo? Desde que o conhecera que não fizera outra coisa senão ajudá-lo, compreendê-lo, dar-lhe o seu apoio, procurar que ele se sentisse bem, e ele, em vez de lhe dar valor, deixava-se levar pelas nádegas de Citlali. De certeza que não tirava os olhos das ancas dela. Vira--o a devorá-las com o olhar desde que a conheceu. Com outro homem qualquer não ficaria nada admirada: são todos assim, não sabem distinguir as mulheres ideais, deixam-se sempre levar por um bom traseiro. Mas nunca esperara aquilo da sua alma gémea, por muito apagada que a sua memória estivesse. O que mais raiva lhe dava era que o sentimento de desvalorização da sua pessoa e as inseguranças que se despertavam nela não a deixavam concentrar-se na resolução do problema em que estavam metidos. Sentia-se muito preocupada com todos. Por culpa dela, Cuquita, o compadre Julito e até Citlali estavam agora no mesmo barco. Perguntava a si própria se algum dia as coisas parariam de piorar para ela. Bem, para cúmulo, até Popocatepetl se enfurecera! Não tinha a certeza, mas suspeitava que o terramoto fora provocado por ele. Já o fizera noutras ocasiões. Era uma forma de mostrar o seu desgosto pelos acontecimentos políticos. Era sempre um aviso de que as coisas não estavam bem. A única coisa que tranquilizava Azucena era pensar que Iztaccíhuatl não ficara contagiada com o enfado, pois era ela quem realmente regia o destino do país e de todos os Mexicanos. Popocatepetl agiu sempre como príncipe consorte. Mas ela era a mais importante. A sua enorme responsabilidade mantinha-a muito ocupada e distraía-a dos pequenos prazeres do amor conjugal. Ela não podia dar-se ao luxo de se entregar aos prazeres da carne, pois tinha de olhar por todos os seus filhos e zelar por eles.

Uma lenda indígena diz que o seu marido, Popocatepetl, a vê como sendo ela a grande senhora e respeita-a muito, mas como precisa de desabafar a sua paixão, procurou uma amante. Esta chama-se Malintzin. Malintzin é muito simpática e sensual e faz com que ele passe muitos bons momentos na sua companhia. É claro que Iztaccíhuatl tem conhecimento destes amorios, mas não lhes dá importância. Ela tem assuntos mais importantes para dar atenção. O destino da nação é uma coisa séria. Também não tem interesse em castigar Malintzin. Mais, até lhe agradece que mantenha satisfeito o seu esposo, já que ela não pode. Bem, não é que não possa. É claro que pode e fá-lo-ia melhor que ninguém! Mas não lhe interessa. Prefere conservar a sua grandeza, o seu poder, o seu senhorio e deixar que Malintzin se ocupe em assuntos menores, dignos da sua condição. Apenas a considera boa para retouçar na cama. Mantém-na dentro dessa categoria e ignora-a completamente.

Azucena pensava que já que Rodrigo tinha a síndroma de Popocatepetl e andava a divertir-se com a sua Malintzin, ela gostaria de ter a síndroma de Iztaccíhuatl. Naquele momento, ela era responsável pelo destino de várias pessoas. Tinha de resolver grandes problemas e, em vez disso, estava muito preocupada por não ter o amor de Rodrigo. Com toda a sua alma pediu ajuda à senhora Iztaccíhuatl! Como precisava de ter um pouco da sua grandeza! Gostaria imenso de não sentir aquela paixão que a encolhia por dentro, que a atormentava. Gostaria de parar de se angustiar pelo tom de galanteio que tinha a voz de Rodrigo e encontrar a paz interior de que tanto necessitava. Fazia-lhe tanta falta o abraço de um homem, sentir um pouco de amor!

Teo aproximou-se dela e abraçou-a com ternura. Parecia que adivinhara o seu pensamento, mas não. O que acontecia era que ele obedecia às ordens de Anacreonte. Teo era um dos Anjos-da-Guarda *undercover* com que Anacreonte trabalhava na Terra. Recorria a eles em casos de extrema necessidade, e aquele era um deles. Não podiam deixar que Azucena ficasse novamente deprimida. Azucena deixou-se abraçar. A princípio, o abraço transmitiu-lhe protecção, amparo. Azucena encostou a cabeça no ombro de Teo. Ele, com muita ternura começou a acariciar-lhe o cabelo e a dar-lhe beijos muito suaves na testa e nas faces. Azucena levantou o rosto para receber os beijos mais facilmente. A sua alma começou a sentir uma enorme consolação. Azucena correspondeu timidamente ao abraço com outro abraço e aos beijos com outros beijos. As carícias entre ambos foram aumentando pouco a pouco de intensidade. Azucena sugava como louca a energia masculina que Teo lhe estava fornecendo e de que ela tanto precisava. Teo pegou-lhe na mão e conduziu-a suavemente até à casa de banho da nave. Fecharam-se lá e deram rédea solta ao intercâmbio de energias. Teo, como Anjo-da-Guarda *undercover* que era, tinha um elevado grau de evolução. Os seus olhos tinham capacidade para ver o sentir o prazer da entrega duma alma como a de Azucena mesmo dentro de um corpo tão deteriorado como o da avó de Cuquita. Azucena, pouco a pouco, tomou posse do corpo da velhinha e pô-lo a trabalhar como há muitos anos não trabalhava. Para começar, os maxilares tiveram de se abrir muito mais do que de costume para poder receber a língua de Teo dentro da sua boca. Os seus lábios secos e enrugados tiveram de esticar, é claro que com o auxílio da saliva do seu generoso companheiro astral. Os músculos das pernas não tinham a força nem a flexibilidade requerida para o acto amoroso, mas, incrivelmente, adquiriram-na em poucos minutos. A princípio tiveram cãibras, mas depois de aquecerem, funcionaram perfeitamente, como os músculos duma jovem. O centro do seu corpo, humedecido pelo desejo, pôde permitir a penetração de forma confortável e altamente agradável. Aquele corpo recordou com enorme prazer a agradável sensação de ser acariciada por dentro, uma vez e outra. O prazer que obtinha abriu os seus sentidos de tal forma que conseguiu ver a Luz Divina. Tal como Anacreonte planificara, o diamante que lhe instalara na testa trabalhava correctamente e ampliava a luz que Azucena obtinha no momento do orgasmo. A erma alma de Azucena ficou iluminada, molhada, germinada de amor. Foi então que se acalmou a sede do deserto… foi quando recebeu amor que recuperou a paz, e foi quando ouviu as pancadinhas desesperadas de Cuquita, que queria ir à casa de banho, que voltou à realidade. Quando a porta se abriu e apareceram Teo e Azucena, todos os olhares se viraram para eles. Azucena não conseguia esconder a felicidade. Notava-se à légua. Tinha as faces coradas e cara de satisfação. Até bonita ela parecia, vejam só! Mas é claro que apesar do bem que funcionara o seu corpo sob os vapores do desejo, isso não impediu que no dia seguinte até as pestanas lhe doessem. De qualquer modo, o acto amoroso obteve o seu objectivo. Azucena, durante um momento, ficou alinhada com o Amor Divino. Isso bastou para que ela tivesse vontade de fazer um trabalho interior. Pôs-se a assobiar uma canção e atravessou a nave aos saltinhos agarrada à mão de Teo. Assim que chegou ao seu lugar, sentou-se, deu um grande suspiro, pôs o seu *discman* e preparou-se para fazer uma regressão no mais completo estado de felicidade.

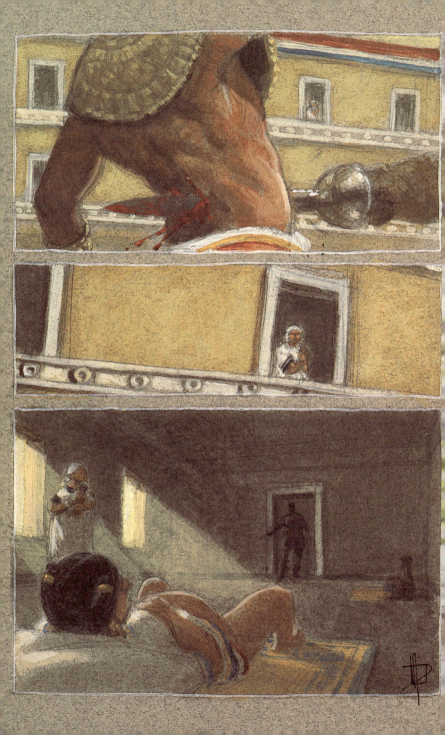

Azucena abriu os olhos antes de tempo. A sua respiração era agitada. Saíra da regressão num estado muito alterado. Soube imediatamente que aquela mulher que gritava desesperadamente pela morte do seu filho não era outra senão Citlali, e que aquele menino que só vivera uns minutos não era outro senão ela própria na sua outra vida. Comoveu-se muito ao saber que aquela mulher de quem tantos ciúmes tinha fora noutra vida a sua mãe. Já não conseguia vê-la com os mesmos olhos. Nem também a Rodrigo. Ficou muito impressionada quando soube que Rodrigo, o seu adorado Rodrigo, o homem por quem estava disposta a tudo, fora o conquistador que a matara a sangue frio. Demorou uns instantes a ligar a imagem de Citlali à da índia que Rodrigo violara. Tratava-se da mesma mulher! Sabia-o porque vira milhares de vezes a fotografia da violação. Conhecia de cor o rosto daquela índia. A fotografia fazia parte da regressão de Rodrigo, e Azucena guardara-a por morbidez. Recreara-se uma infinidade de vezes no sofrimento de ver Rodrigo a possuir outra mulher e de ver a luxúria dos seus olhos. Agora podia abordar a imagem de outra perspectiva. Deve ter sido terrível para Citlali ter sofrido uma violação praticada pelo assassino do seu filho. Que experiência tão tremenda! Azucena sentiu muita pena dela.

Teo, compreendeu tudo imediatamente. Abraçou Azucena e consolou-a docemente. Com palavras meigas começou a tranquilizá-la. Fez com que ela se descontraísse e entrasse novamente em estado Alfa. Sugeriu-lhe que perguntasse qual era a sua missão naquela vida. Azucena seguiu docilmente as suas instruções. Pouco depois respondeu que era falar aos Aztecas sobre a importância da Lei do Amor, porque estavam a infringi-la e a correr o perigo de que a Lei da Correspondência agisse contra eles. Teo perguntou-lhe se conseguira transmitir aquela mensagem. Azucena respondeu-lhe negativamente. Explicou-lhe que a mataram antes de a poder transmitir. Também disse que tivera outra oportunidade na sua vida de 1985, mas que também não a deixaram falar. Finalmente compreendeu que agora tinha mais uma oportunidade para dizer o que tinha que dizer.

Naquele momento, Azucena começou a compreender o porquê de tudo o que lhe acontecera. Descobriu que havia uma relação lógica entre todos os factos. Cada um é o resultado de outro anterior. Aparentemente nada há de injusto. A única coisa que ainda não vira com clareza era porquê ela. Porque não tinham escolhido outra pessoa para transmitir aquela mensagem tão importante? Para essa pergunta ainda não tinha resposta, mas pelo menos adquiriu consciência da sua missão e recuperou o entusiasmo para cumpri-la. O pior era que agora tinha um novo impedimento. Não podia regressar à Terra porque tanto ela como os outros ocupantes da nave eram procurados pela polícia. Naquele instante chegou Cuquita com uma grande notícia. Acabava de ouvir na rádio que uma peregrinação interplanetária se dirigia para a Villa para ver a Nossa Senhora de Guadalupe. Se conseguissem infiltrar-se na multidão seria impossível que os detectassem quando chegassem à Terra. Azucena ficou muito contente. Perguntou imediatamente a todos e decidiram abandonar a nave do Palenque Interplanetário no planeta mais próximo e viajarem na imensa nave que transportava os peregrinos.

CD - 8

INTERVALO PARA DANÇAR

San Miguel Arcángel, santito,
no te quedes tan duro, tan quietecito.
No te regocijes en tu pasado
que ahora es deveras cuando te necesito.

Ahora es cuando el demonio se pone el moño,
ahora es cuando los santos ya no son tantos,
ahora es cuando los dioses son sólo adioses,
ahora es cuando el pecado y la voy pasando.

San Miguel Arcángel, santito, santito,
San Miguel Arcángel, santito,
No te quedes de hierro, de palo santo,
que me está arrebatando este desencanto.
Yo llore, llore y llore, mejor ya no canto.

Ahora es cuando Mefisto se pone listo.
Ahora es cuando las vacas se ponen flacas.
Ahora es cuando las penas a veinticinco.
Ahora es cuando la vida me pone al brinco.

San Miguel, santito, santito, santito.

LILIANA FELIPE

Realmente, Azucena não tem cura. Não importa a ajuda que lhe for dada. Acaba sempre por borrar tudo!

Eu jurei guardar e fazer guardar a Lei do Amor, e estou prestes a infringi-la. Já não posso repartir justiça. Estou a faltar à ética e, o que é pior, sinto-me completamente cínico, sentado numa cadeira de Anjo-da-Guarda quando aquilo de que tenho vontade é de dar cabo de uma caterva de filhos da mãe: a começar pela Isabel e acabar em Nergal, o chefe da polícia secreta do inferno.

Eu julguei que, com a ajuda de Teo, Azucena reagiria e cumpriria a sua missão. Pois não! Foi-se apaixonar por Teo como uma adolescente e não faz outra coisa senão pensar nele. Sim, não há dúvida que toda a gente desempenha muito bem o seu papel menos eu! Teo, o nosso Anjo-da-Guarda *undercover*, é realmente muito eficiente, o cabrão. Mais, o que ele gosta é de andar a pôr-se em Azucena em todos os cantos. O pretexto dele é que faz aquilo para a manter alinhada com o Amor Divino, mas o que ele anda a alinhar é outra coisa. E eu aqui feito parvo! Enquanto Nergal demite Mammon do seu posto de Demónio de Isabel, e Mammon, com todo o tempo livre do mundo, dedica-se a namorar Lilith, a minha namorada, e entretanto Azucena, ardendo de amor romântico, projecta com o compadre Julito uma revolução armada para dar cabo de Isabel. Deus nos apanhe confessados!

A impossibilidade que Azucena tem de olhar para dentro de si faz com que ela concentre a sua atenção nos problemas dos outros para procurar encontrar uma solução para eles. Claro! É muito mais fácil ver o cisco no olho dos outros. O terror de se meter de cabeça nas suas entranhas, o medo a mexer nelas, a encher-se de merda, impeliu-a a procurar uma solução colectiva para o seu problema esquecendo-se de que as soluções colectivas nem sempre funcionam, porque cada pessoa tem a sua própria evolução espiritual. Nenhuma organização social encontrará um caminho que seja bom para todos porque os problemas que Azucena, tal como os outros seres humanos, tem na sua vida diária são o resultado de desajustamentos que ela foi incapaz de resolver no passado. Por isso, cada caso é único e diferente do dos outros. É claro que de qualquer forma afectam a sua participação no mundo público, mas não é mudando a colectividade que se compõem as coisas, mas sim mudando cada um a si mesmo. Ao consegui-lo, modifica-se automaticamente a colectividade. Qualquer mudança interior repercute-se no exterior, porque o que é dentro é também fora.

O que é que se deve mudar no interior? A resposta está no passado. Cada um tem de investigar e descobrir quais são os problemas que não consegue resolver noutras vidas para os ultrapassar nesta. Se não o fizer, manterá laços com o passado que mais cedo ou mais tarde se tornarão pesadas correntes que o impedirão de realizar a missão que lhe corresponde. O conhecimento do passado é o único caminho para soltar essas amarras e cumprir a sua missão, a sua única, intransferível e individual missão. Quem, demónio, terá dito a Azucena que era organizando uma guerrilha que resolverá todos os seus problemas? Uma guerra ou uma revolução, apesar de às vezes serem necessárias e conseguirem benefícios colectivos, podem atrasar a evolução individual. Mais, neste momento uma actividade desse tipo só a distrairá da sua missão.

Há outras causas que impedem o cumprimento da Vontade Divina. A mais maléfica e frequente é o Ego. Toda a gente gosta de se sentir importante, valorizado, reconhecido, galardoado. Para o conseguirem, geralmente utilizam os dons que a natureza lhes deu. Os elogios que recebem à sua forma de escrever, de cantar, de dançar ou de dirigir um país, faz com que se esqueçam da razão pela qual lhes foram dados esses dons. Se nasceram com eles, não foi para o seu brilho pessoal, mas sim para os porem ao serviço da Vontade Divina.

O dom de ser organizadora que Azucena tem é a melhor arma com que ela conta para realizar a sua missão, mas, paradoxalmente, pode vir a ser o seu pior inimigo. Está tão presa aos elogios que o compadre Julito faz à sua capacidade organizativa e à sua inteligência — sente-se tão importante, a menina! —, que anda a utilizar o seu livre arbítrio na tomada de decisões que a vão levar a alcançar um triunfo. Triunfo que, obviamente, lhe acarretará mais elogios, mas que, ao mesmo tempo, a estará a afastar cada vez mais da sua missão.

Porquê? Porque se triunfar transformar-se-á numa dirigente política. O poder dar-lhe-á a sensação de que é muito importante. Ao sentir-se importante, julgará que merece todo o tipo de honras e reconhecimentos. Se não os obtiver imediatamente sentir-se-á ofendida, magoada, diminuída, e reagirá com ódio em relação à pessoa ou pessoas que lhe recusaram o reconhecimento. Porquê? Porque até agora ninguém que detenha o poder conseguiu reagir de outra forma. Apenas por isso. E depois? Procurará manter-se no poder seja como for. Criando intrigas, assassinando e, por poucas palavras, odiando. De seguida irá o rancor cobrir a sua aura com uma densa camada de pólo negativo. Quanto mais rancor acumular, menos capaz será de ouvir os meus conselhos, pois estes viajam em vibrações muito subtis de energia que irão bater na cortina de elogios que a manterá presa no engano. E a seguir? Nunca mais conseguiremos trocar qualquer palavra. Essa camada provocará a ruptura de todo o tipo de relações e expulsar-me-á do seu lado. A mim, que sou o seu Anjo da Guarda, e ultimamente com quem tem de trabalhar e de quem deveria esperar reconhecimento e não do idiota do compadre Julito! Que horror! Mas que digo eu! Estou a insultar um inocente. Azucena está realmente a fazer com que eu perca a cabeça. Se não reagir, penso que vou acabar realmente louco. O que mais lhe recrimino é eu estar, por sua culpa, a perder Lilith. Não aguento! Sei muito bem que se trata de um vulgar problema de Ego e que o mais conveniente é pô-lo de lado se eu não quiser impedir o cumprimento da minha missão ao lado de Azucena, mas o que é que querem, não consigo controlar. Que vergonha! Sei que é muito lamentável o espectáculo que estou a dar. Um Anjo-da-Guarda morto de ciúmes! Seria uma boa nota para a imprensa do coração. O mais incrível é que eu fiz um doutoramento sobre a forma como um Ego deformado pode destruir uma relação conjugal. Garanto-lhes que sei a teoria de cor.

Uma pessoa com problemas de ego quererá ter a seu lado um parceiro que seja um objecto apreciado e valorizado por todos os outros. O mais belo, o mais inteligente, etc. Um objecto que só ele possua, porque se toda a gente o tivesse perderia o seu valor. Já que o obtém, protegerá enormemente a sua propriedade para que ninguém lhe toque, para que ninguém lho tire, porque se o perder o seu Ego ver-se-á diminuído. O parceiro converter-se-á numa propriedade que dá estatuto e provoca admiração. Nunca se interrogará se esse parceiro era o que lhe corresponderia ter naquela vida de acordo com o Plano Divino.

Talvez o parceiro adequado tenha passado à frente dos seus olhos e nem sequer o tenha visto por não ter suficiente talento e não ter acumulado os músculos, a beleza ou a inteligência que esperava. A sua incapacidade de ver no fundo da alma humana impediu que o reconhecesse, e em contrapartida, a voz do Ego fez com que se juntasse a outra pessoa que não lhe correspondia.

A única forma de resolver estes problemas é transformando o Ego negativo em positivo através do conhecimento. Quando uma pessoa realmente se conhece em profundidade aprende a amar-se e valoriza-se então pelo que é e não pela pessoa que o acompanha. Este amor por nós mudará a polaridade negativa da nossa aura em positiva e, graças à Lei da Correspondência, atrairemos a pessoa indicada à nossa vida. Deixaremos de nos sentir infelizes se alguém nos rejeitar porque compreenderemos que as atracções e as rejeições têm a ver com a Lei do Carma e não com o nosso valor como seres humanos. O Ego sofre se alguém nos rejeitar, mas se ultrapassarmos isso através do conhecimento aperceber-se-á de que essa rejeição foi provocada por nós próprios ao infringir a Lei do Amor, e que a única forma de restabelecer o equilíbrio é através do Amor.

Estão a ver? Sei isto de cor. Mas isso não significa que estou pior que fulo!

Bolas! Aí vem o meu Anjo da Guarda. Era o que me faltava! Aparece sempre que a nossa linha de comunicação fica obstruída e quando realmente estou a cagar tudo. Mas o que é que estou a fazer mal? Quem está a mijar fora do penico é Azucena e não eu. Ou não? Se calhar, como o que é em cima é também em baixo, já me contagiei com a sua estupidez e estou à espera que ela mude para que tudo se resolva, quando quem teria de mudar era eu. Ai, bolas! E agora?

As orações dos milhares de pessoas que viajavam no interior da enorme nave espacial davam esperança ao coração de Azucena. Tanta fé concentrada num espaço tão pequeno era altamente contagiosa. O calor dos castiçais e o cheiro do copal geravam uma sensação de tibieza, de inocência, de pureza. Azucena sentia-se mais nova que nunca. As suas faces tinham adquirido uma cor rosada. As suas dores tinham desaparecido. Esquecera-se por completo da sua cegueira, das suas mãos artríticas, da sua ciática. A relação com Teo fazia com que ela se sentisse completamente segura, amada e desejada. Sabia que ele não se importava que ela tivesse a pele enrugada, a cabeça cheia de cãs e dentadura postiça. Gostava igualmente dela. Não há dúvida que isso do enamoramento faz bem a qualquer um. A vida muda completamente. Azucena, encolhida nos braços de Teo, sentia-se a mulher mais nova e bela do mundo. Interrogava-se se isso só acontecia no seu caso ou era vulgar que isso acontecesse às pessoas de idade avançada. Que significava ter um corpo velho? Nada. O interior é o mesmo. Os desejos são os mesmos. No momento de pensar nos seus desejos, Azucena lembrou-se logo de Rodrigo. Tinha-se esquecido completamente dele! O que era lógico. Entre um beijo e outro, não era fácil lembrar-se do que quer que fosse.

Além disso, Teo encarregara-se de convencê-la de que Rodrigo a amava mais do que a ninguém no mundo, o seu único problema era que não se lembrava. Azucena, como qualquer outra mulher, ao aceitar que o seu amado só a amava a ela podia consentir a infidelidade. Percebia bem que, se Rodrigo se sentia atraído por Citlali, isso era devido a uma paixão passageira de outras vidas, mas que assim que recuperasse o conhecimento voltaria para ela para sempre. Entretanto ela andava na maior com Teo e não se sentia culpada. Teo tinha uma ideia muito interessante sobre a fidelidade que ela terminara por compartilhar. Dizia que ter um parceiro faz bem na medida em que mantém o coração a arder de amor. Mas no dia em que essa relação propiciar ódios, ressentimentos e todo o tipo de atitudes negativas, em vez de servir, atrasa a evolução do seu humano. A sua alma enche-se de escuridão e deixa de ver o caminho que finalmente o conduzirá à sua alma gémea, à recuperação do Paraíso.

A Azucena convinha-lhe realmente que Citlali e Rodrigo se apaixonassem, porque através da infidelidade Rodrigo regressaria a ela. Uma pessoa passa catorze mil vidas a ser infiel ao seu parceiro original mas, paradoxalmente, a infidelidade é a única forma de regressar a ele. É claro que não se trata de se ser infiel só porque sim. O amor que faz evoluir é aquele que é produto duma entrega total entre duas pessoas. O que surge dentro dum círculo fechado que contém no seu interior o masculino e o feminino, o Yin e o Yang, o prazer, o equilíbrio. Quando uma pessoa está com um parceiro deve estar somente com esse parceiro, e quanto mais apaixonados e entregues estiverem um ao outro, mais energia circulará entre ambos e mais rapidamente evoluirão. Mas se algum dos seus membros decidir quebrar o seu círculo de energia para se ligar ao de um novo parceiro, deixará forçosamente escapar grande parte da energia que conseguira gerar com a sua entrega amorosa, e nestes casos a infidelidade torna-se prejudicial. Mas, atenção, isso não significa que, se uma pessoa já tiver um parceiro estabelecido, lhe deva ser fiel para toda a vida. Não, deverá permanecer a seu lado unicamente enquanto a energia amorosa circular entre os dois. Quando o amor acabar deverá procurar um novo companheiro. Em síntese, a solução é a infidelidade, mas uma infidelidade comprometida. O objectivo é manter-se sempre cheio de energia amorosa tal como estavam Teo e Azucena.

Teo, depois de ter consolado Azucena durante toda a noite, estava morto de cansaço e adormecera. Azucena, pelo contrário, estava cheia de energia. Levantou-se de um salto e foi procurar o compadre Julito. Andavam a desenvolver juntos um plano para tirarem Isabel do poder. Azucena pensava que nunca conseguiria colocar a cúspide da Pirâmide do Amor no seu lugar enquanto Isabel estivesse pelo meio. Porquê? Simplesmente porque Isabel era uma verdadeira filha da mãe e só afastando-a conseguiria agir livremente.

Encontrou o compadre Julito num canto da nave a emborcar uma garrafa de tequila. Azucena sentou-se a seu lado. O lugar onde estava o compadre era perfeito: era o mais afastado de toda a gente. Quanto mais longe estivessem de todos os outros, melhor. Assim poderiam elaborar o seu plano sem que ninguém os ouvisse. Bem, não era só por isso. A verdade é que Azucena nunca se sentira à vontade entre as multidões. Preferia os espaços íntimos. Exactamente ao contrário de Cuquita, que se sentia como peixe na água no meio das pessoas. Quanto mais pessoas a rodeassem melhor se sentia. Azucena estava convencida que era porque a grande massa de não evoluídos era igual em todos os planetas.

Mesmo sendo muito diferentes quanto ao seu aspecto físico, comportavam-se de forma idêntica em todos os lados. Falavam a mesma língua, portanto. Azucena admirava-se com a absoluta familiaridade com que Cuquita se relacionava com toda a gente. No pouco tempo que levavam a viajar na nave peregrina, já todos conheciam a sua vida inteira. Era surpreendente a forma como superara a morte da sua avó. Azucena pensou que talvez influísse o facto de não ter deixado de vê-la. Não tivera tempo para sentir a sua ausência, porque realmente esta não existira. De alguma forma, continuava viva. Fosse por que fosse, era bom que depois de tudo o que acontecera Cuquita ainda conservasse o sentido de humor. Ia e vinha de grupo em grupo, intervindo em todas as conversas. Um dos grupos discutia sobre se alguém tinha disparado antes ou depois do outro ter metido a cabeça. Cuquita pensou que estavam a falar da morte do senhor Bush e foi logo a correr para se meter na coscuvilhice, mas descobriu com desencanto que estavam a discutir sobre a final do campeonato interplanetário de futebol entre a Terra e Júpiter, na qual a Terra perdera. Cuquita opinou que o culpado do insucesso era o treinador por não ter posto a jogar Hugo Sánchez. Que deviam ter prestado ouvidos à esposa dele, que nunca deviam ter deixado de gritar: «Hugo! Hugo!» estava nisto quando alguém lhe perguntou se sabia alguma coisa dos assassinos do senhor Bush, e Cuquita ficou um pouco nervosa. Mas, para não levantar suspeitas, respirou fundo e preparou-se para dar a resposta. Como era seu costume, fez um discurso com toda a propriedade. Em voz alta, disse a todos que não se deixassem impressionar pelas notícias, pois as pessoas que tinham sido acusadas não eram senão bodes *expiratórios* do sistema. Toda a gente ficou muito tranquila com a explicação e ninguém pareceu aperceber-se que Cuquita utilizara uma palavra em vez de outra, ou, se se aperceberam, não se tinham ralado. Azucena pensou: «Não há dúvida. Deus fá-los e eles juntam-se.»

Vendo como Cuquita estava tão bem informada, perguntaram-lhe a sua opinião sobre o rumo que estavam a tomar os acontecimentos no México. Era preocupante que a violência se tivesse desencadeado daquela maneira. Cuquita concordou com eles e disse que quem dera que se descobrisse rapidamente que mente *maquilabélica* andava a planear aqueles assassínios todos.

— Assassínios? Pensávamos que só tinha havido o do senhor Bush. Então, houve mais?

Azucena ficou muito inquieta. Tinha de calar Cuquita, senão acabaria por dar toda a informação e metê-los num problema do qual nunca conseguiriam sair. Por isso pediu ao compadre Julito para a levar até onde estava Cuquita para a trazer pelos cabelos, mas quando chegou descobriu que não era preciso, porque Cuquita, habilmente, já tinha mudado de tema e estava a entreter os seus ouvintes com toda uma teoria sobre por que motivo Popocatepetl tinha *gomitado*. Disse-lhes, para o caso deles não saberem, que o vulcão captava a energia e os pensamentos dos habitantes da Terra, e que ultimamente estivera a alimentar-se tão só de sobressaltos e fúrias, motivo pelo qual tivera uma indigestão e deitara uma série de *arrotos* de enxofre acompanhados pelo conhecidíssimo tremor de terra. Todos se admiraram com a explicação e angustiaram-se mais do que nunca com o facto de as coisas terem piorado no México. A ninguém convinha que continuassem assim. Se o Popocatepetl entrasse em actividade poderia desencadear-se uma reacção em cadeia entre todos os vulcões que estavam ligados internamente com ele e provocar uma catástrofe mundial que não só afectaria os habitantes da Terra, mas também a todos os do Sistema Solar.

* * *

Se Rodrigo não tivesse ido com Citlali talvez Azucena estivesse menos sensível à dor que lhe provocavam as pedrinhas que se enterravam nos seus joelhos. Estava há um bom bocado especada, avançando de joelhos por entre os milhares de peregrinos que tentavam entrar na Basílica de Guadalupe. Continuava a fingir que era mais uma do grupo. Tinham decidido esperar até depois da missa para se separarem dos crentes. Não queriam levantar suspeitas. Os únicos que enfrentaram o risco de partir foram Rodrigo e Citlali. Citlali porque tinha muita urgência em regressar a casa, e Rodrigo para a acompanhar. Por outro lado, Citlali não encontrava justificação alguma para permanecer ao lado de um grupo tão arriscado, pois nem Rodrigo no corpo do ex-marido de Cuquita, nem ela eram procurados pela polícia. Foram-se embora assim que a nave aterrou. Azucena despedira-se deles a toda a pressa, simulando indiferença, mas Teo sabia perfeitamente que por dentro ela estava de rastos. Solidário como sempre, não saíra do seu lado dando-lhe um grande apoio físico e espiritual. Se não fosse ele, quem sabe como conseguira Azucena ultrapassar a perda. Podia suportar muito bem a infidelidade de Rodrigo enquanto o tivesse à vista. Mas não tolerava sabê-lo longe.

Com grande ternura, Teo procurava suprir a presença de Rodrigo e levar Azucena pelo caminho menos acidentado em direcção ao Pocito. As pessoas da povoação chamavam assim a um poço onde desde tempos imemoriais os Aztecas costumavam purificar-se antes de prestar tributo à Deusa Tonantzin. A partir da conquista e até aos nossos dias, o ritual continuara a ser praticado, mas agora em honra de Nossa Senhora de Guadalupe. O objectivo desta cerimónia era tirar do corpo as impurezas de pensamento, palavra e obra antes de se entrar no templo. A forma como era feito era lavando a cara, os pés e as mãos. Teo conduziu Azucena como o melhor moço de cegos do mundo evitando-lhe todo o tipo de obstáculos até a colocar à beira do Pocito. Ela inclinou-se para tirar água com as mãos e purificar a cara. Quando ia deitá-la no rosto, Cuquita aproximou-se dela e disse-lhe ao ouvido:

— Não se volte, mas aqui ao pé está o «gorila» que traz o seu ex-corpo.

O coração de Azucena deu um pulo. Isso significava que já os tinham descoberto!

Num abrir e fechar de olhos, Cuquita, Azucena e Teo já estavam a fugir, seguidos muito de perto pela Ex-Azucena.

Era muito difícil movimentar-se entre tanta gente, sobretudo para a cega da Azucena. Teo decidiu pegar nela ao colo depois de ela ter pisado já para aí cerca de seis pessoas que avançavam de joelhos. Pouco tempo depois de irem contra a corrente perderam de vista Ex-Azucena, mas esbarraram em dois polícias que os observavam suspeitadoramente e começaram a segui-los. Teo, com Azucena nos braços, apressou o passo e conduziu Cuquita por uma infinidade de atalhos entre a multidão. Teo orientava-se muito bem por aqueles sítios, pois passara a infância toda naquela colónia. Quando chegou a uma esquina puxou por Cuquita para dentro duma casa em ruínas. Colocou Azucena no chão e, delicadamente, começou a beijar-lhe a testa. Azucena recuperou os sentidos. Teo tapou-lhe a boca para que não pronunciasse qualquer palavra que os denunciasse, pois os polícias tinham ficado parados à porta. Cuquita, muito contra a vontade, também teve de ficar calada. A única coisa que se ouvia era o bater dos seus corações, o altifalante duma nave espacial a anunciar o debate televirtual entre o candidato europeu e a candidata americana à

Presidência Mundial... e os soluços de Ex-Azucena. Teo e Cuquita voltaram-se e descobriram-no escondido na penumbra das ruínas. Ex-Azucena descontrolara-se e ficara aterrada. Assim que viu que o tinham descoberto fez-lhes sinais para ficarem calados. Teo informou Azucena ao ouvido do que estava a acontecer. Ela ficou muito surpreendida de que o «gorila» também estivesse escondido como eles.

Assim que a polícia se foi embora, Cuquita soltou a língua contra Ex-Azucena.

— Com que então agora aflito, não é verdade? E quando andava por aí todo valentão?... Nunca pensou que a polícia podia descobri-lo?... Espere só um momento, se já souberem que foi você quem matou o senhor Bush e depois mudou de corpo, então a polícia já sabe que nós somos inocentes... Já vai ver, vou acusá-lo!

Cuquita tentou sair do seu esconderijo para chamar a polícia, mas Ex-Azucena impediu-a com um puxão.

— Não, não faça isso, a polícia continua a pensar que vocês é que são as assassinas do senhor Bush, e se as virem aqui deitam-vos a mão, garanto-vos... A sério que não lhes convém denunciarem-me, não é da polícia que ando a esconder-me.

— Então de quem é? — perguntou Azucena.

— De Isabel González...

— Mas essa não era a sua patroa? — perguntou Cuquita.

— Sim, «era», mas despediu-me... Ai, foi horrível, a sério!... E apenas porque estou grávido...

Azucena enfureceu-se. O «gorila» ex-bailarina, graças ao facto de estar a usufruir do seu corpo estava à espera dum filho! Mas que grande puta! A inveja agitou-lhe a alma. Como gostaria de poder recuperar o seu corpo! E sentir a maternidade que, enquanto estivesse no corpo da avó de Cuquita, lhe seria negada! A fúria subiu-lhe à cabeça e, sem que Teo a pudesse deter, lançou-se contra a outra à palmada.

— Espertalhão desgraçado! Como é que te atreveste a engravidar um corpo que não te pertencia?

Ex-Azucena protegeu a barriga. Era a única coisa que podia fazer. Não tinha coragem de responder às pancadas daquela velha enlouquecida.

— Eu não o engravidei, já estava grávido!

Azucena suspendeu a tareia.

— Já estava grávido?

— Sim.

O sangue de Azucena afluiu todo à cabeça. Durante um momento ficou surda além de cega. Se aquele corpo já estava grávido antes que o «gorila» o ocupasse, o menino que aquele homem esperava era seu, o filho que concebera de Rodrigo na sua maravilhosa noite de lua-de-mel, a única que tinham tido. Azucena aproximou-se de Ex-Azucena e agarrou-lhe na barriga com força, como se tentasse arrebatar-lhe aquele menino que não lhe pertencia e sentir através da pele o menor sinal de movimento, de vida... de amor. Como que tentando dizer àquele filho que ela era a sua mãe, esgaravatar no passado para trazer ao presente a lembrança de Rodrigo no dia em que a amou, pedir mil perdões àquele filho que ela abandonara sem saber. Porque se tivesse sabido que estava grávida nunca teria trocado de corpo. Nunca! O que ela daria para poder guardar o seu filho na sua barriga, para senti-lo crescer, para amamentá-lo, para o ver! Mas era demasiado tarde para tudo. Agora estava dentro do corpo duma velha cega, de seios secos e braços artríticos, e só lhe podia oferecer o seu amor. O abraço de Teo cobrindo-lhe os ombros trouxe-a à realidade. Mergulhou no seu tórax e chorou desoladoramente. Os seus soluços confundiram-se com os de Ex--Azucena.

— Vocês não sabem o que significa para mim ter este menino... Não me denunciem, não sejam más!... Ajudem-me, por favor, querem matar-me

— Mas porquê? — perguntou Azucena, suspendendo o choro e muito preocupada com o futuro do seu filho.

— Por estar grávido? — perguntou Cuquita.

— Não, nada disso! Por isso apenas me despediram, querem matar-me porque Chabela é uma ingrata... A sério! Olhem que fazer-me isto a mim que fui a sua mão direita durante tantos anos! O que eu fiz por ela! Vigiava-lhe o pensamento. Trabalhei milhares de horas extraordinárias. Não houve tarefa de que me encarregasse que eu não fizesse imediatamente... Bem, a única coisa que nunca tive foi coragem para matar a sua filhinha...

— A gorda?

— Não, outra que teve antes dela... Uma magrinha, linda, linda. Como é que acham que eu seria capaz de matá-la com a vontade que tinha de ter um filho? Até parece!...

— E, então, quem matou a menina? — perguntou Azucena.

— Ninguém, eu gostava de ter ficado com ela, mas não podia. Trabalhando tão perto de D. Isabel mais tarde ou mais cedo ela descobriria, e o que seria de mim! O que fiz foi levá-la para um orfanato...

A palavra «orfanato» entrou no corpo de Azucena acompanhada por uma chuva gelada que lançou contra a sua coluna vertebral a recordação do frio lugar onde ela passara toda a sua infância. O estremecimento ligou-a àquela pobre menina que, tal como ela, crescera sem família.

— Que horror! Essa deve ter sido uma das satisfações mais desagradáveis da sua vida, olhe! — comentou Cuquita, fazendo gala do seu inconfundível estilo linguístico.

— Sim — disse Ex-Azucena sem perceber muito bem o que queria dizer Cuquita.

— E porque é que a mandou matar? — perguntou Teo, intervindo pela primeira vez naquela conversa entre «mulheres».

— Pois porque a carta astral da criancinha dizia que esta podia tirá-la duma posição de poder que ela iria obter... Mas eu digo que foi por pura maldade... Eu não sei porque é que Deus deu filhos àquela se ela nem os queria. Deviam ver como é que ela trata a outra filha, e só porque é gordinha, coitada!...

— Olhe, olhe, mas ainda não nos disse porque é que querem matá-lo — interrompeu Cuquita.

— Pois porque, quando me disse que não me queria ver mais por ali, eu senti-me muito mal, o que é que queriam? Aquela cadela estava a correr comigo! E eu, portanto, não aguentei mais e pus-me a pensar que gostaria imenso que aquela velha idiota se transformasse numa ratazana leprosa e lhe caísse em cima uma nave espacial que a esborrachasse todinha, e nisso entra um dos analistas da mente que estava a fotografar os nossos pensamentos e diz-lhe o que estava a aparecer no ecrã, e imaginam como é que ela ficou...

— E depois, porque é que não o mataram? — perguntou Cuquita meio desiludida por o terem deixado vivo.

— Pois porque o meu compadre Agapito não teve coragem. Ele disse-lhe que sim, que me tinha desintegrado, mas não era verdade. Escondeu-me no seu quarto até chegarmos à Terra, porque... pois... porque gostava de mim, e queria que eu e ele... E depois deixou-me aqui para eu pedir ajuda à Nossa Senhora de

Guadalupe, porque ela já não podia fazer mais nada por mim, mas como estão a ver, nem tempo tive de pedir o milagre...

— Olhe, mas eu tenho uma dúvida. Como é que a câmara fotomental lhe fotografou os seus verdadeiros pensamentos? — perguntou-lhe Azucena.

— Pois como faz sempre...

— Não pode ser. O meu corpo, digo, o seu corpo tem integrado um microcomputador que emite pensamentos positivos. Com esse computador era impossível que lhe tivessem fotografado os seus verdadeiros pensamentos...

— Ah, sim? Pois se calhar esse computador que trago na cabeça falhou... Ou enlouqueceu, ou sabe-se o quê, mas a verdade é que Isabel ficou irritadíssima...

Azucena recordou que o doutor lhe dissera que o seu aparelho ainda estava em fase de experimentação e ficou muito entusiasmada. Isso significava que o computador que Isabel tinha instalado na cabeça podia causar-lhe graves problemas durante o debate que se ia realizar dentro de poucas horas. O que se pretendia naquele debate era escarafunchar nas vidas passadas dos candidatos à Presidência para se ver qual dos dois tinha um passado mais limpo. Cada um tinha de se submeter, separadamente, a uma regressão induzida através de música. É claro que se escolhiam para tal melodias que provocassem no subconsciente uma ligação directa com assuntos obscuros e macabros. Quem dera que o aparelho do doutor Díez falhasse em Isabel como tinha falhado em Ex-Azucena! Ficaria aos olhos de todo o mundo como uma farsante.

Tinham que ir ver o debate! Não podiam perdê-lo, mas primeiro era preciso encontrar o compadre Julito, de quem se tinham esquecido no meio da multidão. Por fim, encontraram-no a vender entradas para as pessoas se purificarem no Pocito. Antes de

sair da casa em ruínas Azucena parou à porta para convidar Ex-
-Azucena a fugir com eles. Ex-Azucena agradeceu-lhes muitíssimo.

— Não me agradeças. Não o faço por ser boa, mas sim porque quero estar perto do homem que vai dar à luz o meu filho.

— Mil vezes Jesus! — exclamou Ex-Azucena. Não podia acreditar que dentro do corpo daquela velha estivesse a alma de Azucena.

— Sim, sou eu. Tira-me essa cara de idiota. Não me mataste, mas não me esqueço que tentaste, cabrão.

Justamente quando Ex-Azucena ia dar uma desculpa a Azucena por tê-la matado, ouviram umas corridas que fizeram com que se escondessem de novo na penumbra. Em silêncio, viram como Rodrigo e Citlali penetravam na casa. Citlali estava aterrada. Em toda a cidade havia cartazes colados com a sua auriografia. Era acusada, juntamente com Rodrigo, ou melhor com o corpo que Rodrigo ocupava, de serem co-autores intelectuais do atentado contra o senhor Bush. Assim que Citlali descobriu Azucena, Teo e Cuquita, foi a correr para eles, abraçou-os cheia de emoção e pediu-lhes ajuda.

— Agora sim, não é verdade? E que tal quando nós precisávamos que você fosse *solitária* connosco? — reclamou Cuquita.

Azucena impediu que se iniciasse uma série de reclamações mútuas. Deu as boas-vindas a Rodrigo e a Citlali com enorme prazer e abençoou os difamadores que os tinham obrigado a regressar para junto deles.

* * *

A casa de Teo parecia uma sucursal da Villa. Convertera-se no refúgio obrigatório de toda a gente. Azucena, Rodrigo, Cuquita e o compadre Julito nem a brincar podiam regressar ao seu prédio, a casa de Citlali fora invadida, a de Ex-Azucena, além de estar a ser vigiada, ficara muito danificada pelo terramoto; portanto, ninguém tinha outra alternativa senão aceitar a amável oferta de Teo. Vivia num pequeno apartamento de Tlatelolco. Tlatelolco fora o seu «lugar» em várias reencarnações, por isso vivia ali melhor que em qualquer outro sítio.

Naquele momento estavam todos sentados diante do televisor a presenciarem o debate entre os dois candidatos à Presidência Mundial do Planeta. Teo, tal como Cuquita, só tinha uma televisão de terceira dimensão, mas ninguém protestou. A única coisa que lhes interessava era ver o momento em que Isabel caísse em ridículo. Azucena sentia-se muito desesperada por não poder ver. Como Teo estava a preparar o jantar para todos, Cuquita era a encarregada de lhe narrar ao ouvido o que estava a acontecer, o que era uma verdadeira desgraça para Azucena. Cuquita não podia mascar pastilha e caminhar ao mesmo tempo. Nunca conseguira executar duas acções simultâneas: ou via televisão ou narrava o que acontecia. Deixava-se prender pelos acontecimentos interessantes e congelava a língua para se poder concentrar nas imagens. Azucena tinha de fazer perguntas segundo a segundo. O pior era que não tinha uma alternativa melhor. Rodrigo e Citlali aproveitavam a mínima oportunidade para se beijocarem e não tinham tempo para ninguém fora deles. Ex-Azucena era um desastre: narrava mais do que via e não havia forma de lhe travar a boca assim que começava a falar. O compadre Julito já estava meio bebido e só dizia asneiras, por isso a única opção era Cuquita, e isso era desesperante. Não só porque se calava de repente, como também porque adormecia nas partes aborrecidas e Azucena então já não sabia se o que acontecia era demasiado interessante ou demasiado chato. Naquele momento era realmente chato. As últimas dez vidas do candidato europeu tinham sido o mais aborrecidas que alguém possa imaginar. Cuquita ficara tão profundamente adormecida que nem sequer ressonava. Azucena não gostava nada do silêncio, este deixava-a na escuridão total. Ela precisava duma voz para poder permanecer amarrada ao presente, caso contrário o seu sentido do ouvido ficava ao dispor das melodias que os candidatos à Presidência estavam a ouvir e punha-se a divagar. Perdia-se na negrura a que estava condenada e viajava pelas suas vidas passadas. Isso nada tinha de mal, mas não era o desejável. Ela queria ser a primeira a saber se o computador de Isabel pifava ou não. Quando chegou a vez de Isabel, o silêncio cresceu na sala. Toda a gente tinha os dedos cruzados pedindo que o aparelho avariasse. As primeiras três vidas decorreram sem problemas. A confusão começou quando chegaram à sua vida como Madre Teresa. A princípio tudo estava a correr bem. As imagens da sua vida como «santa» começaram a aparecer no ecrã com muita nitidez. Foi vista com um menino desnutrido ao colo na Etiópia, distribuindo comida entre leprosos, mas de repente, por fim, o microcomputador falhou!

CD - 9

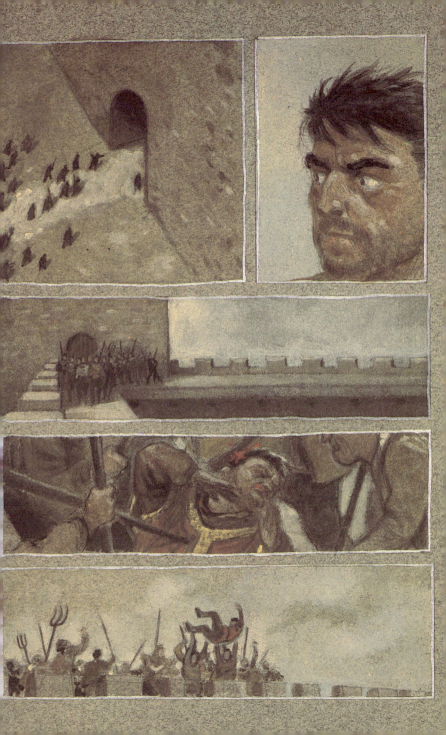

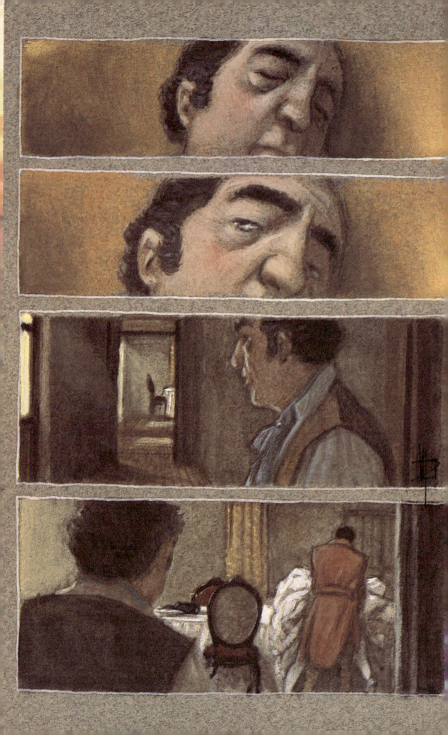

Rodrigo gritou:
— Essa é a minha regressão! Eu era essa mulher!

Azucena ouviu-o e sobressaltou-se. Regressou bruscamente do lugar onde andava. O silêncio, não só de Cuquita, como também de todos os outros, deixara-a à mercê da música e tivera uma regressão. Não tinha ido muito longe. Só ao momento do seu nascimento na vida presente. Descobrira que o parto fora dificílimo. Trazia o cordão umbilical a dar três voltas ao pescoço. Três voltas! Nascera praticamente morta. Os médicos tinham-na trazido de novo à vida, mas pouco faltou para se suicidar. O motivo que tinha para o fazer era por saber que a sua mãe iria ser nada mais nada menos Isabel González. Agora, sim, puta de mãe! Ela era a filha que Isabel mandara matar de pequenina! E o que era pior, Ex-Azucena, o «gorila» a quem tanta raiva tinha por tê-la assassinado e ter ficado com o seu corpo, era a pessoa que lhe salvara a vida quando ela era uma criança. É claro que, se por um lado lhe devia a vida, pelo outro devia-lhe a morte: estavam empatados.

Os gritos de Rodrigo agitaram-na de novo.

— Azucena! Ouviste-me? Essa vida de Isabel é a mesma vida que eu tinha visto!

Azucena estava tão atordoada pelo que acabava de descobrir que demorou um bocado a perceber o que Rodrigo, com a ajuda de Cuquita, estava a tentar dizer-lhe: que Isabel era uma assassina do pior que havia, que fora empaladora, que matara o cunhado de Rodrigo noutra vida, que agora, sim, tudo se iria esclarecer, que se desmascarara diante de todos os habitantes do planeta, que merecia aquilo por ser porca, que de certeza a matariam por ter enganado toda a gente com o microcomputador que trazia na cabeça, que em breve eles ficariam todos livres de qualquer suspeita, etc, etc, etc. O sono de ópio acabou quando Teo calou toda a gente e pediu que prestassem atenção ao que estava a acontecer. A imagem do televisor estava a preto. A explicação que deram aos espectadores foi que tinha caído o sistema de transmissão. Abel Zabludowsky lia um relatório especial enviado pela Procuradoria Geral do Planeta em que se pormenorizava a informação. Mas afinal de contas o que se pretendia era convencer a população de que as imagens que acabavam de ver não existiam, que tinham sido fruto duma sabotagem feita à estação de televirtual com o único objectivo de desacreditarem Isabel.

— Não é possível! — uivaram todos. — Vimos tudo claramente.

Azucena ficou desesperada. Tinham que mostrar que Isabel mentia. Era a única maneira de derrotá-la. O compadre Julito abriu rapidamente as apostas sobre se o conseguiriam ou não. Os pessimistas inclinavam-se para o fracasso, mas Azucena não. Não podia resignar-se. Estava disposta a ir até às últimas consequências para triunfar, nem que fosse através da luta armada. Mas não era assim tão simples. Na Terra ninguém tinha armamento. O compadre Julito e ela tinham delineado um plano para organizarem uma guerrilha a sério, mas precisavam de dinheiro, de contactos e duma nave espacial para transportar as armas, e não tinham nem uma coisa nem outra. O mais fácil, para já, era ter provas de que as imagens que o mundo inteiro tinha visto eram verdadeiras. Tinham de juntá-las, mas onde? Quanta falta lhe fazia a *Ouija* cibernética! Tinham-se visto forçados a deixarem-na dentro da nave do compadre Julito, e a nave do compadre Julito estava num planeta afastadíssimo da Terra. Não valia a pena nem chorar! Não tinham outra alternativa. O pior fora que, quando fugiram, tinham saído tão depressa que tinham deixado dentro do seu apartamento as fotografias da regressão de Rodrigo, o compacto, o *discman* para o ouvirem e a violeta sul-africana com tudo e as fotografias do assassínio do doutor Díez. Nem pensar em poder recuperá-las!

Azucena não sabia por onde começar. Procurou Teo e abraçou-o. Tinha urgência de que ele a inundasse de paz. Estava tão esgotada de pensar que deixou a mente em branco e, ao fazê--lo, o diamante que tinha na testa projectou para o seu interior a Luz Divina. Azucena teve um momento de incrível lucidez. Lembrou-se de que durante a regressão que fizera a Rodrigo no interior da nave espacial, ele dissera que Citlali, a índia que ele violara em 1527, o violara a ele na vida de 1890. Citlali, portanto, era o cunhado que abusara de Rodrigo sendo este o irmão de Isabel. Se pudessem fazer-lhe uma regressão ver-se-ia como Isabel a tinha assassinado. Que pena não ter à mão a música adequada! Procurou consolar-se pensando que mesmo que lhe pudesse fazer a regressão e obter novas fotografias estas não lhe serviriam para muito, pois nenhum deles podia ir ter com a polícia enquanto fossem procurados como presumíveis criminosos. Tinham que reunir novas provas nalgum sítio. De repente, Citlali lembrou-se de que ela ainda tinha em seu poder a colher em que Azucena estava tão interessada. Azucena ficou muito contente, mas assim que se lembrou que já não tinham a *Ouija* cibernética ficou deprimida. Teria sido óptimo obter uma análise da colher. Azucena lembrava-se perfeitamente de que numa das fotografias da regressão de Rodrigo aparecia reflectida na colher o rosto do violador e da pessoa que se aproximara para assassiná-lo pelas costas, ou seja, o rosto de Isabel na sua etapa de homem. Aquela, sim, seria uma boa prova contra a candidata! Que pena não haver forma de obter a imagem! Cuquita perguntou por que não tentavam fazer uma regressão à colher. Todos troçaram dela, mas Azucena viu muito sentido naquela sugestão. Todos os objectos vibram e são susceptíveis à música, com a enorme vantagem de não terem os bloqueios emocionais que têm os seres humanos. A única desvantagem era não terem música para a fazer vibrar nem máquina fotomental para registar as suas recordações. Teo tirou do armário uma câmara fotomental meio estragada que tinha lá escondida, e todos juntos fizeram votos para que a experiência funcionasse. Rodrigo segurou durante todo o tempo a colher com a mão para activar as recordações da vida que lhes interessava. E Cuquita, com grande desembaraço, cantou com toda a força o dan*zón «A Su Merced»*.

CD - 10

INTERVALO PARA DANÇAR

Para todo el que disfruta   *Platicaban las naranjas*
de la verdura y la fruta   *que las limas son bien frescas,*
va este danzón dedicado   *que la vulgar mandarina*
a su Merced el mercado.   *se siente tan tangerina;*

y aconsejadas las tunas
por la pérfida manzana
se agarraron de botana
a las pobres aceitunas.
Todo pasa. Todo pasa.
Hasta la... hasta la...
Hasta la ciruela pasa.
Señoras no sean frutas
que todas somos sabrosas,
aquellos se sienten reyes
pero son puros mameyes.
«Uy, qué finas mis vecinas»

se burló el prieto zapote,
luego, criticó el membrillo,
que es como un gringo amarillo.
«No sea usted chabacano
— contestóle la granada —
es usted zapote prieto
y nadie le dijo nada.»
Todo pasa. Todo pasa.
Hasta la... hasta la...
Hasta la ciruela pasa.

LILIANA FELIPE

Cuquita teve um ensurdecedor aplauso que lhe excitou tremendamente o ego. A sua voz, com um poder de limpeza mais forte que o do amoníaco, conseguiu extrair à colher até a última recordação da cena da violação. Todos estavam felizes. As imagens eram muito claras. No entanto, o reflexo era muito pequeno. Teo teve de ir ao seu computador para fazer uma ampliação. Dessa forma obteve uma reprodução nítida da cara de Isabel (homem) no momento em que assassinava o seu irmão, isto é, Citlali (homem). De forma nenhuma se podia dizer que já tinham resolvido o seu problema. Aquela era uma prova que servia para eles se certificarem de que estavam certos nas suas suposições, mas um bom advogado desacreditá-la-ia num segundo como prova da criminosidade de Isabel. A defesa poderia alegar que a imagem da colher fora pré-fabricada. Era uma pena, porque a fotografia era muito boa.

Azucena sentia-se desesperada por não poder analisar pessoalmente a fotografia. O seu único recurso para a recriar na sua mente era a narração que Rodrigo lhe oferecia. Tal como imaginava, Azucena sentia que estava prestes a encontrar um dado perdido. De repente gritou: encontrara. Segundo o que estava a ouvir, no reflexo da colher aparecia em primeiro plano o rosto de Citlali (homem), em segundo plano o de Isabel (homem) e em terceiro a parte superior de um vitral. O seu pulso acelerou durante uns segundos. A descrição do vitral correspondia exactamente ao da janela que ela vira cair-lhe em cima na sua vida de 1985. Diante dos seus olhos reproduziu-se o terramoto com a mesma intensidade de outrora. Em milésimas de segundo viu novamente Rodrigo a pegar nela ao colo, viu que lhes caía o tecto em cima, sofreu novamente a confusão, a dor, o silêncio, o pó, o sangue, a terra, os sapatos a caminharem para onde ela estava, as mãos a levantarem uma pedra que por fim cairia sobre a sua cabeça... E um segundo antes da colisão viu o ódio reflectido no rosto de Isabel. Recordou que naquele exacto momento virara a cabeça procurando evitar ser atingida pela pedra, e a sua mente deixou de trabalhar de repente. Congelou as suas rememorizações numa só imagem. Antes de morrer os seus olhos tinham conseguido ver enterrada sob as ruínas de sua casa a Pirâmide do Amor. Tinha a certeza. Tinha gravada na mente a cena da altura em que Rodrigo violara Citlali. As suas masturbações mentais tinham-na levado a regressar a ela uma infinidade de vezes, e recordava que Rodrigo dissera que a violação de Citlali fora sobre a Pirâmide do Amor. Aquela pirâmide era a mesma que ela vira sob a sua casa antes de morrer. Agora a única coisa que ela tinha que fazer era investigar onde ficava aquela casa para encontrar o paradeiro da pirâmide. Já que não podia avançar na recuperação da sua alma gémea, pelo menos poderia cumprir a sua missão na vida.

Pediu ajuda a Teo e ele entrou rapidamente em acção. Com

a ajuda de um pêndulo e um mapa, localizou em poucos minutos o lugar exacto onde ficava a referida casa. Ex-Azucena sufocou um grito na garganta. O lugar que o pêndulo indicava era precisamente a morada de Isabel! Aquilo complicava tudo. Ex-Azucena confirmou que no pátio da casa havia efectivamente uma pirâmide tentando sair. Azucena garantiu que agora, sim, era quando a porca torcia o rabo, pois a casa de Isabel era uma fortaleza inexpugnável à qual nenhum deles tinha acesso. Ex-Azucena tranquilizou-a. Havia, sim, uma maneira de penetrar na fortaleza, era através de Carmela, a sua irmã gorda. Carmela gostava imenso de Ex-Azucena. Ele fora a única pessoa a dar-lhe carinho na sua infância, a estar a seu lado nas suas doenças, a fazer os trabalhos da escola com ela, a levar-lhe flores nos seus anos, a levá-la a passear todos os domingos, a dizer-lhe que ela era bonita e a dar-lhe sempre o beijo das boas-noites. Tinha portanto a certeza absoluta de que, se lhe pedisse ajuda, ela não lha recusaria, pois era como se fosse sua filha adoptiva.

— Mais ainda, não se importará que utilizemos a sua ajuda para pormos fim à sua mãe, pois realmente nunca a amou, e o ódio entre elas foi desde sempre mútuo — disse ele.

Teo comentou que fora graças ao ressentimento que deixavam esse tipo de relações que se tinham engendrado todas as revoluções. Num dado momento, todos os marginalizados, os esquecidos e ofendidos uniam-se contra o poderoso. O pior era quando triunfavam e havia mudança de governo, a única coisa que os ofendidos queriam era vingar-se e acabavam por agir da mesma forma que as pessoas que os tinham antecedido, até que outro grupo de descontentes os tirasse do poder. Assim são as coisas, infelizmente. Só quando são oprimidas é que as pessoas vêem com clareza a injustiça, mas quando conseguem chegar ao poder, excercem-no sem piedade contra toda a gente para que não os tirem do trono. É muito difícil passar a prova do poder. A maioria transforma-se totalmente, esquece tudo o que tinha aprendido quando fazia parte do povo e comete todo o tipo de atrocidades. A solução para a humanidade chegará no dia em que aqueles que tomarem o poder o fizerem de acordo com a Lei do Amor. Azucena via com muita clareza que isso só aconteceria no dia em que a Pirâmide do Amor pudesse funcionar adequadamente. Todos concordaram com ela e começaram a elaborar um plano para entrarem em contacto com a gorda da Carmela.

Foi verdadeiramente uma pena que naquele momento, quando estavam quase a resolver o seu problema, quando já tinham todos os dados na mão, a polícia chegasse para os prender.

O julgamento de Isabel era uma infracção impressionante da Lei do Amor. Anacreonte assessorava Azucena. Mammon assessorava Isabel. Nergal, o chefe da polícia secreta do inferno, a defesa. São Miguel Arcanjo, o ministério público. Os Demónios e Querubins encarregavam-se a par dos jurados. Mammon rezava. Anacreonte amaldiçoava. E todos procuravam vencer fosse como fosse. A batalha era sangrenta. Só o mais forte sobreviveria. Mas era impossível dar um prognóstico. Desde o princípio da luta ficara demonstrado que os dois lados tinham as mesmas possibilidades de obter a vitória.

Isabel tinha-se preparado muito bem. Como sabia que tinha que travar um combate limpo, isto é, sem microcomputador pelo meio, treinara com um Guru Negro. Teve em conta que o jurado seria formado na sua maioria por médiuns e que lhe era indispensável controlar à vontade as imagens que a sua mente emitia para poder convencê-los da sua inocência. Depois de meses de intenso treino, Isabel era capaz de esconder os seus verdadeiros pensamentos e de projectar com enorme força as imagens que lhe convinha que os outros vissem. Com grande êxito impedira que os médiuns penetrassem na sua mente. Mantinha-os descontroladíssimos. Não confiavam nela, mas não encontravam dados falsos nas suas declarações. Isabel, portanto, dava golpes baixos à vista de todos sem que ninguém se apercebesse.

PRIMEIRO ASSALTO

Directo da direita!

O primeiro a ir prestar a sua declaração da parte da defesa fora Ricardo Rodríguez, o marido de Cuquita. O grande idiota deixara-se subornar para se declarar culpado do assassínio do senhor Bush. Isabel prometera-lhe que assim que ganhasse o julgamento e subisse ao poder tirá-lo-ia da prisão. Ricardo Rodríguez dava isso como ponto assente e estava convencido que iria viver que nem um rei o resto dos seus dias. O que ele não sabia era que Isabel não tinha palavra de honra e não estava disposta a ajudá-lo em nada. Ricardo pusera a corda no pescoço ele sozinho. De passagem arrastara consigo Cuquita, Azucena, Rodrigo, Citlali, Teo e o compadre Julito ao acusá-los de serem seus cúmplices.

SEGUNDO ASSALTO

Gancho ao fígado!

O delegado do ministério público respondera ao golpe recebido com a declaração de Ex-Azucena. Ex-Azucena explicara amplamente qual fora a sua participação nos crimes do senhor Bush, de Azucena e do doutor Díez. Falou da forma como os assassinara e acusou Isabel de ser a autora intelectual dessas mortes. A sua denúncia conseguira comover o jurado não só pela sinceridade das suas palavras mas também pela barriga de nove meses de gravidez que ostentava e que fazia realmente com que ele parecesse angelical.

TERCEIRO ASSALTO

Golpe baixo!
A defesa, para contrariar o efeito positivo da comparência de Ex-Azucena, chamara Agapito para declarar. Agapito disse que, efectivamente, Ex-Azucena participara juntamente com ele em todos os assassínios, mas que o fizera por ordens suas e não de Isabel. Declarou-se autor intelectual dos crimes e libertou Isabel de toda a responsabilidade. Disse que ele só tinha planificado os assassínios. Não conseguiu justificar a sua motivação para ter cometido aqueles actos, a única coisa que realçou várias vezes foi que agira por sua conta. Isabel obteve um grande triunfo com esta declaração.

QUARTO ASSALTO

Directo da esquerda!
Seguidamente, o delegado do ministério público chamou Cuquita para fazer a sua declaração, mas o advogado da defesa recusou-se terminantemente a aceitá-la como testemunha. O seu passado como crítico de cinema convertia-a numa testemunha de reputação muito duvidosa. Não pelo facto de ter sido crítico, mas sim porque exercera a sua profissão unicamente impelida pela inveja. Do seu punho tinham saído uma infinidade de notas venenosas. Metera-se de má-fé na vida pessoal de toda a gente. Se alguma vez favorecera alguém fizera-o como resultado do compadrio e nunca como resultado duma análise crítica e objectiva. Além disso, no seu currículo não aparecia a forma como pagara aqueles carmas. Cuquita alegou várias vezes que os pagara vivendo ao lado do seu esposo, que era um grandessíssimo

cabrão, mas o advogado da defesa contrariou esta afirmação com declarações que favoreciam amplamente Ricardo Rodríguez, nos quais se afirmava que ele era um santo e Cuquita é que tornara a vida dele num suplício. Cuquita enfureceu-se, mas nada pôde fazer. O que mais raiva lhe deu foi ter perdido a oportunidade de actuar perante as câmaras da televirtual. Andara toda a sua vida a preparar-se não fosse um dia ter de ser testemunha dum crime. Nas suas visitas ao mercado procurava memorizar as feições desta ou daquela freguesa, como se mais tarde tivesse de fazer um retrato falado dela. Ou procurava recordar todos os pormenores da sua visita. Quantas pessoas estavam no lugar dos legumes. Quantas laranjas comprara a sua vizinha. Com que tipo de moeda pagara. Se tinha discutido com ela ou não por causa do preço. Se a freguesa a tinha ameaçado com uma faca ou não. E não só isso. A sua mente policial levara-a a pensar na remota possibilidade de alguma vez ser ela a vítima em vez de ser a testemunha, e preparou-se também para esses casos. Nunca saía de sua casa com um buraco nos calções ou nas meias. Horrorizava-a chegar à Cruz Vermelha e que os médicos, ao despi-la, se apercebessem da sua imundície. Toda uma vida de preparação para nada!

QUINTO ASSALTO

Super gancho ao fígado!
O delegado do ministério público, perante o fracasso anterior, chamou Citlali para prestar declarações. O seu testemunho podia fazer muito mal. Citlali, durante a sua condenação na Penitenciária de Readaptação tivera tempo mais do que suficiente para trabalhar nas suas vidas passadas. Agora sabia perfeitamente quais eram os motivos que a tinham mantido unida a Isabel. Iniciou a

sua declaração narrando a sua vida de 1527. Nessa vida, Citlali assassinara o filho de Isabel. Isabel morrera odiando-a. Na sua seguinte vida juntas, Isabel e ela tinham sido irmãos. Citlali violara a esposa do irmão e como resposta Isabel assassinara-a. Então, a Lei do Amor tentara equilibrar a relação entre as duas fazendo-as reencarnar como mãe e filha para ver se os laços de sangue podiam salvar o ódio que Citlali sentia por Isabel. De nada servira. Isabel nunca amou a sua filha. De criança, tolerou-a mais ou menos, mas assim que chegou à adolescência sentiu-a como uma inimiga declarada. Isabel era uma mulher divorciada. Com o passar dos anos conhecera Rodrigo e enamorara-se dele. Tinham casado quando Citlali era uma criança. Quando Citlali começou a ser uma jovem senhora, Rodrigo começou a olhar para ela com outros olhos, perante o terror de Isabel. Por fim, um dia aconteceu o que Isabel tanto temia. Rodrigo e Citlali fugiram de casa e tornaram-se amantes. Isabel localizou-os a viverem num casarão em ruínas do centro da cidade. Citlali estava grávida e saboreando plenamente o seu amor. Isabel estava furiosa. Os ciúmes punham-na louca. No dia do terramoto de 1985 fora a correr a casa dos amantes, não para ver se a sua filha vivia, mas sim porque queria saber se Rodrigo tinha sobrevivido ao tremor de terra. Os dois tinham morrido, mas sob os escombros Isabel foi encontrar viva Azucena, que nessa vida era sua neta. Isabel, ofuscada pelo ódio, deixou cair uma pedra na cabeça da menina, que morreu imediatamente.

SEXTO ASSALTO

Super golpe baixo!
Este testemunho, sim, afectara realmente Isabel, mas como sempre que parecia que já a tinham derrotado, o advogado da

defesa dava uma volta total às coisas e mudava tudo a seu favor. Em primeiro lugar, pediu a Citlali que mostrasse as provas que tinha para apoiar o seu testemunho. Citlali não as tinha. Muitos anos antes, Isabel localizara-a e, aproveitando um momento em que esteve internada num hospital, programou a sua mente de forma que nunca pudesse recordar as vidas em que fora testemunha dos crimes que Isabel cometera. Quem sabe que métodos utilizara na Penitenciária de Readaptação para poder ter acesso àquelas vidas, mas uma coisa era ela poder entrar e outra poder tirar a informação. A sua mente não era capaz de projectar as imagens que via. A única que conhecia a palavra-chave para anular aquela programação era Isabel, e só para chatear ia soltá-la. Por isso a declaração de Citlali não produziu qualquer efeito.

Por outro lado, o advogado da defesa insistiu que em 1985 Isabel não fora Isabel mas sim a Madre Teresa. Lembrou aos jurados que Isabel era uma ex-«santa» que alcançara um grau muito alto de evolução e que não mentia. Pediu-lhes que olhassem para os olhos dela e verificassem por si próprios que ela era inocente dos crimes que lhe imputavam.

Isabel suportou o profundo olhar dos médiuns com grande segurança. O jurado não encontrou nos olhos dela o menor sinal de falsidade. Isabel sorriu. Tudo lhe estava a correr tal como planificara. Tinha a certeza que ninguém conseguiria demonstrar o que quer que fosse contra ela. Imediatamente depois do debate tirara o microcomputador que trazia instalado na cabeça e não havia qualquer prova de alguma vez o ter trazido. Mandara dinamitar a sua casa para anular a possibilidade de que analisassem as suas paredes. Teriam sido umas testemunhas determinantes. Felizmente, já não havia qualquer rasto delas. A única coisa que escapara um pouco do seu controlo fora a explosão. Deixara à mostra a pirâmide que estava no pátio de sua casa. Mas o facto não tivera consequências. Antes que chegasse a polícia para investigar um suposto atentado, Isabel tivera tempo de resgatar dos escombros a cúspide da Pirâmide do Amor. Aquela pedra era a única coisa que a preocupava. Atirara-a para o fundo do Pocito da Villa. Tinha a absoluta certeza de que ali ninguém a podia ver. Enquanto a Pirâmide do Amor não estivesse a funcionar, as pessoas concentrariam o seu amor em si mesmas e não conseguiriam ver no reflexo da água mais além da sua própria imagem. Aquele era o melhor lugar para a esconder. Ali nunca a encontrariam, e portanto nunca conseguiriam demonstrar que ela era culpada. Podia ficar tranquila. Aquela pedra de quartzo rosa com que assassinara Azucena na vida de 1985 não sabia boiar.

Seguidamente Carmela foi prestar a sua declaração como testemunha da defesa. Carmela estava realmente irreconhecível. Os oito meses que se tinham passado desde o início do julgamento contra a sua mãe tinham-na transformado completamente.

A principal razão era que Carmela entrara em contacto com a sua irmã, e isso dera-lhe uma perspectiva diferente do mundo. O encontro entre as duas fora do mais proveitoso. Tinham chegado a amar-se tanto que Carmela, só pelo prazer de se sentir aceite e valorizada, emagrecera duzentos e quarenta quilos. A primeira conversa entre elas realizara-se na sala de visitas da Penitenciária de Readaptação José López Guido. Azucena fora condenada a passar sete meses na prisão. Acabaram por ser os sete meses mais agradáveis de toda a sua vida, pois a primeira coisa que faziam às pessoas que entravam para a prisão era fazer-lhes um exame para determinarem quanta rejeição e desamor tinham acumulado no seu interior. A partir disso elaborava-se um plano para suprir essa falta de amor, pois estavam conscientes de que a falta de amor era a base da delinquência, da crítica, da agressão, do ressentimento. A condenação não se sofria, gozava-se. Era um verdadeiro prazer. Para maior desamor, maiores mimos. Era à base de amor e cuidados que os delinquentes eram reintegrados na sociedade. Mas se durante um exame se descobria que um delinquente não sofria de falta de amor, mas que agira sob a influência de um diabo, era mandado para a penitenciária El Negro Durazo, especializado em exorcismos, até o libertarem das suas más companhias.

Fora esse o caso do compadre Julito. Tinham-no mandado para a penitenciária El Negro Durazo argumentando que ele estava possesso pelo demónio e que tinham encontrado em sua casa um enorme arsenal de explosivos. Nada disso. Eram uns tantos foguetes e alguns fogos de artifício dos que ele utilizava nos seus espectáculos do Palenque Interplanetário, mas não houve forma de convencer a autoridade da sua inocência. Azucena, Rodrigo, Cuquita, Ex-Azucena, Citlali e Teo tinham sido remetidos para a penitenciária José López Guido, mas finalmente todos se tinham divertido imenso. As duas instituições contavam com astranalistas de primeira categoria. Rodrigo até começara a recuperar a memória. A proximidade de Citlali era-lhe muito benéfica. Tinham-nos instalado num quarto de casal. Ali, entre orgasmo e orgasmo, iluminara-se-lhe o passado. É claro que de forma nenhuma conseguira recuperar a memória das vidas em que fora testemunha dos assassínios de Isabel. Faltava aos astranalistas a palavra-chave. Sem ela não tinham acesso ao subconsciente. Rodrigo sabia muito bem que era Isabel quem a sabia. Mas como tirar-lha? Vencer Isabel era claramente um empreendimento impossível. Ela tinha a faca e o queijo na mão.

SÉTIMO ASSALTO

Em cheio!

Isabel sabia que tinha a batalha ganha e estava muito tranquila à espera da declaração de Carmela. «Graças a Deus que emagreceu!», pensou. Já não se envergonhava dela. Carmela parecia lindíssima assim magra. Despertava olhares de admiração. Isabel sentia-se muito orgulhosa e até começava a gostar dela.

— Como é que se chama?
— Carmela González.
— Qual é o seu parentesco com a ré?
— Sou sua filha.
— Quantos anos viveu ao lado de sua mãe?
— Dezoito.
— Durante esse tempo alguma vez a viu mentir?
— Sim.

Um burburinho percorreu a sala. Isabel pôs a boca tensa. O advogado de defesa descontrolou-se completamente. Aquilo não estava nos seus planos.

— Em que ocasião?
— Muitas vezes.
— Podia ser mais específica e dar-nos um exemplo?
— Sim, porque não! Disse-me que eu era filha única.
— E isso não é verdade?
— Não. Tenho uma irmã.

O advogado de defesa procurou Isabel com o olhar. Ele desconhecia completamente aquela informação e não estava a gostar nada. Podia ser muito perigosa. Isabel estava de boca aberta. Não conseguia ver onde obtivera Carmela aquele dado.

— Como é que o sabe?

— Disse-mo Rosalío Chávez.
— O «gorila» que a sua mamã despediu recentemente?
— Sim, ele mesmo.
— E a menina confia na informação que lhe foi dada por uma pessoa que, obviamente, estava ressentida por ter sido despedida?
— Objecção! — disse o delegado do ministério público.
— Aprovada — disse o juiz.
Carmela já não era obrigada a responder à pergunta. O advogado de defesa enxugou o rosto. Não sabia como sair do imbróglio em que estava.
— E a menina considera o senhor Rosalío Chávez uma pessoa de confiança?
— Não só isso, considero-o como minha verdadeira mãe.
Ouviu-se uma onda de comentários em toda a sala. Ex-Azucena chorou emocionado. Nunca esperara aquele reconhecimento público da sua actuação como mãe substituta. O rosto de Isabel perdia a serenidade minuto a minuto. «Raio de gorda, hás-de pagá-las!», pensou. Isabel fez um sinal ao seu advogado e este foi falar com ela. Isabel disse-lhe qualquer coisa ao ouvido e o advogado regressou ao interrogatório com uma boa pergunta na ponta da língua.
— É verdade que a menina sofreu de obesidade durante toda a sua vida?
— Sim, é verdade.
— E não é verdade que esse problema lhe provocou muitos atritos e confrontos com a sua mãe?
— Sim, é verdade.
— E não é verdade que invejava terrivelmente a sua mãe por ela poder comer de tudo sem engordar?

— Assim é.
— E não é verdade que por isso decidiu vingar-se dela vindo aqui declarar contra ela sem ter qualquer forma de demonstrar o que está a dizer?
— Objecção! — exclamou o delegado.
— Aprovada — disse o juiz.
Carmela sabia que não era obrigada a responder à pergunta, mas queria fazê-lo.
— Senhor juiz, eu gostava de responder. Posso fazê-lo?
— Avante.
— O que me levou a vir declarar foi o desejo de que se faça justiça. Eu nada tenho a invejar à minha mãe, pois como todos os senhores sabem, estou mais magra que ela — Carmela tirou da sua mala um pedaço de envidraçado e deu-o ao juiz. — Dê-me licença que lhe entregue este troço de vitral para demonstrar o que estou a dizer. Se o analisarem verão que não estou a mentir.

Carmela tinha sido muito esperta. Em primeiro lugar por ter tirado o pedaço de vitral do envidraçado a pedido de Ex-Azucena antes que Isabel mandasse dinamitar a casa, e em segundo lugar por tê-lo apresentado como prova de que Isabel lhe mentira em relação à existência da sua irmã. Porque para poderem obter as imagens dos factos que o vitral presenciara tinham de analisar toda a história do vitral. Desde a altura em que o fabricaram até ao presente. Pelo caminho, é claro que foram vindo à luz um a um os crimes de Isabel. O primeiro foi o ocorrido em 1890. Lá do alto, o vitral testemunhou a entrada de Isabel (homem) no quarto onde Citlali (homem) violava Rodrigo (mulher) e viu perfeitamente quando Isabel lhe espetou a faca nas costas. As imagens correspondiam perfeitamente às que toda a gente vira no dia do debate. A única diferença era que eram narradas de outro ponto de vista. Mais adiante apareceram as imagens do crime de Azucena, realizado em 1985. Estas estavam em movimento, pois o vitral, tal como toda a casa, balançava de um lado para o outro por causa do tremor de terra. Lá do alto viu o momento em que Rodrigo entrou no quarto e pegou na sua filha em braços. Antes de atingir a porta, uma viga caiu em cima de Rodrigo e matou-o. Depois só se via pó e escuridão. De repente, Isabel entrou no quarto e descobriu entre os escombros Rodrigo e Citlali mortos. O choro denunciou a presença da menina. Isabel aproximou-se dela e viu que ela ainda estava com vida. Então pegou numa pedra de cristal de quartzo rosa e atirou-a selvaticamente contra a sua cabecinha. Com ódio. Sem piedade. A imagem mostrava com toda a nitidez o impassível rosto de Isabel só uns anos mais nova do que na vida actual no momento da colisão. Definitivamente, Isabel era a mesma pessoa que matara aquela menina!

Por último, apareceram as imagens de Isabel em 2180, com uma bebé ao colo. No quarto esperava-a Ex-Azucena ainda no corpo de Rosalío Chávez. Isabel deu-lha a menina e ordenou-lhe que a desintegrasse durante cem anos. Rosalío pegou na menina ao colo e saiu do quarto.

OITAVO ASSALTO

K.O.!

Isabel estava acabada. A defesa ficara sem argumentos. O delegado do ministério público pediu licença ao juiz para interrogar Azucena Martínez. Explicou que Azucena era aquela menina que Isabel mandara matar, mas que felizmente nunca fora assassinada. Estava viva e disposta a prestar a sua declaração. O juiz autorizou. Azucena, com passo firme, atravessou a sala. No caminho encontrou-se com Carmela e deram um carinhoso abraço.

Isabel sentiu que lhe faltavam as forças. A sua filha vivia! Não tinha conseguido vencer o destino. O seu maxilar tremia como uma castanhola. Sentia que a desgraça batia à sua porta e estava prostrada de medo. Já não percebia nada. Não queria ver o que estava a acontecer. Mas a curiosidade fez com que ela se voltasse para ver Azucena pela primeira vez. Pareceu-lhe incrível aceitar que aquela velha que acabava de entrar fosse a sua filha. O que é que estava a acontecer?

Azucena sentou-se no banco das testemunhas e preparou-se para fazer a sua declaração. O delegado do ministério público deu início ao interrogatório.

— Como é que se chama?

— Azucena Martínez.

— A que se dedica?

— Sou astranalista.

— Isso significa que a senhora está em constante contacto com as vidas passadas de outras pessoas, não é verdade?

— Sim, é verdade.

— Alguma vez teve vontade de ter vivido alguma das experiências dos seus pacientes?

— Objecção! — pediu o advogado da defesa.

— Indeferida — respondeu o juiz.

— Sim.

— Podia dizer-nos quando?

— Posso. Quando via pacientes que tinham vivido felizes ao lado de sua mãe.

— Porquê?

— Porque a minha mãe me abandonou quando eu era criança. Nunca a conheci.

— E se a tivesse conhecido, teria protestado contra o seu abandono?

— Antes de ter estado na Penitenciária de Readaptação, sim.

— Em que mudou a sua estada na penitenciária a sua forma de pensar?

— Em ter já perdoado à minha mãe não só o ter-me abandonado como também o ter-me mandado matar duas vezes.

Azucena procurou Isabel com o olhar. Os seus olhos cegos estavam mortos, e no entanto brilharam como nunca. Isabel estremeceu quando recebeu a sua descarga. Azucena dizia a verdade. Não lhe tinha ódio. Nunca alguém olhara daquela forma para ela. Todos à sua volta olhavam para ela com medo, com respeito, com receio, mas nunca com amor. Isabel não suportou mais e desatou a chorar. Os seus dias de vilã tinham terminado.

* * *

— Comprometo-me a cumprir e a fazer cumprir a Lei do Amor daqui em diante — Isabel, muito contra a sua vontade, teve de pronunciar estas palavras com as quais se deu por encerrado o julgamento. Tinham-na nomeado Cônsul em Korma como parte da sua condenação. A sua única missão de agora em diante seria ensinar os nativos a conhecer a Lei do Amor.

As suas palavras repercutiram-se como em mais ninguém nas pessoas de Rodrigo e Citlali. A palavra-chave para lhes abrir a memória era precisamente a palavra «amor» pronunciada por Isabel. Ao ouvi-la, Rodrigo sentiu-se como Noé no dia em que acabou o dilúvio. A opressão que sentia na mente desapareceu. Aquela necessidade constante de pôr qualquer coisa no seu lugar desvaneceu-se. Soltou um profundo suspiro que veio acompanhado duma grande paz. Os seus olhos encontraram os de Azucena e fez-se luz. Imediatamente a reconheceu como sua alma gémea.

Reviveram completamente o seu primeiro encontro, com a diferença de nesta vez terem público. Quando deixaram de ouvir a música das Esferas, Rodrigo, ardendo de amor, pediu a Azucena que casasse com ele naquele mesmo dia. Todos os amigos os acompanharam até à Villa. Antes de mais nada, passaram pelo Pocito para cumprirem com o ritual, e no momento em que se inclinou para beber água Rodrigo descobriu sob a superfície a cúspide da Pirâmide do Amor.

* * *

O som dum búzio longínquo começou a ouvir-se assim que puseram a pedra de quartzo rosa no seu lugar. O ar encheu-se de odores. Duma mistura de *tortilla* e pão acabados de fazer. A cidade de Tenochtitlan reproduziu-se em holograma. Sobre ela, o México da colónia. E num fenómeno único, misturaram-se as duas cidades. As vozes dos poetas nahuas cantaram em uníssono com os frades espanhóis. Os olhos de todos os presentes puderam penetrar nos olhos dos outros sem qualquer problema. Não havia qualquer barreira. O outro era ele próprio. Durante um momento, os corações puderam albergar o Amor Divino de igual forma. Sentiram-se parte de um todo. O amor penetrou neles de repente. Inundou todos os espaços dentro do corpo. Às vezes a pele era insuficiente para o conter. O amor procurava sair e fazia uma infinidade de altos na pele por onde aflorava a verdade. Como disse Cuquita, era um espectáculo sem *compração*.

CD - 11

O amor, como um furacão, apagou todos os vestígios de rancor, de ódio. Ninguém conseguiu lembrar-se por que razão se distanciara dum ser querido. O reencarnado Hugo Sánchez esqueceu-se que o doutor Mejía Barón não o deixara jogar no campeonato mundial de futebol de 1994. Cuquita esqueceu-se das tareias que o seu esposo lhe deu durante toda a vida. Carmela esqueceu-se que Isabel lhe chamava «porca». O compadre Julito esqueceu-se que só gostava de mulheres nadegudas. Os gatos esqueceram-se que odiavam os ratos. Os Palestinianos esqueceram-se do seu rancor aos judeus. De repente acabaram os racistas, os torturadores. Os corpos esqueceram as feridas de faca, as balas, as arranhadelas, os pontapés, as torturas, os golpes e deixaram os seus poros abertos para que recebessem a carícia, o beijo. As lacrimais apressaram-se a derramar lágrimas de prazer. As gargantas, a soluçon de felicidade. Os músculos da boca, a expandirem-se, expandirem-se, expandirem-se até darem à luz puro amor. Da mesma forma o ventre de Ex-Azucena. O seu momento de dar à luz tinha chegado. No meio da algaravia do amor, nasceu uma bela menina. Nasceu sem dor de qualquer tipo. Em harmonia absoluta. Saiu para um mundo que a recebia de braços abertos. Não teve motivos para chorar. Nem Ex-Azucena motivos para permanecer na Terra. Com aquele nascimento terminara a sua missão. Despediu-se da sua filha amorosamente e morreu com uma piscadela de olho. Rodrigo deu a menina a Azucena e esta abraçou-a. Não podia vê-la com os olhos mas sabia perfeitamente como era. Azucena desejou com toda a alma ter um corpo jovem para poder cuidar dela. Os Deuses compadeceram-se dela e permitiram que ela ocupasse novamente o seu ex-corpo como prémio do esforço que fizera para cumprir a sua missão. Assim que Azucena recuperou o seu corpo, terminou a missão de Anacreonte. Pôde então, com toda a liberdade, ir gozar a sua lua-de-mel. Durante o julgamento tornara-se noivo de Pavana e acabavam de casar-se. Lilith, pelo seu lado, casara com Mammon. Poucos meses depois os primeiros tiveram um Querubim e os segundos, um Diabinho.

Na Terra tudo era felicidade. Citlali encontrara a sua alma gémea. Cuquita, a mesma coisa. Teo foi promovido. Carmela descobriu que estava loucamente apaixonada pelo compadre Julito e casaram logo a seguir. Finalmente a Ordem impôs-se e todas as dúvidas ficaram resolvidas. Azucena soube que lhe fora atribuída a missão de pôr a funcionar a Lei do Amor como parte duma condenação. Ela fora a maior assassina de todos os tempos. Fizera ir pelos ares três planetas com bombas atómicas, mas a Lei do Amor, sempre generosa, dera-lhe a oportunidade de restabelecer o equilíbrio. Para benefício de todos, consegui-lo-ia.

> *Percibo lo secreto, lo oculto:*
> *Oh vosotros señores!*
> *Así somos,*
> *somos mortales,*
> *de cuatro en cuatro nosotros los hombres,*

todos habremos de irnos,
todos habremos de morir en la Tierra...
Como una pintura nos iremos borrando.
Como una flor,
nos iremos secando
aquí sobre la Tierra.
Como vestidura de plumaje de ave zacuán,
de la preciosa ave de cuello de hule,
nos iremos acabando...
Meditadlo señores,
águilas y tigres,
aunque fuerais de jade,
aunque fuerais de oro
también allá iréis,
al lugar de los descarnados.
Tendremos que desaparecer,
nadie habrá de quedar.

Nezahualcóyotl
Romances de los señores de Nueva España, fl. 36 r.

CRÉDITOS MUSICAIS

OBRAS DE GIACOMO PUCCINI

soprano: Regina Orozco
tenor: Armando Mora

Orquestra da Baixa Califórnia
maestro: Eduardo García Barrios

Orquestrações: Sergio Ramírez* / Dmitri Dudin**
Direcção Musical e Artística: Eduardo García Barrios

concertino:	Igor Tchetchko
primeiros violinos:	Tatiana Freedland
	Alyze Drelling
segundos violinos:	Jean Young
	Heather Frank
viola I:	Sara Mullen
Viola II:	Cynthia Saye
violoncelo:	Omar Firestone
contrabaixo:	Dean Ferrell
flauta:	Sebastian Winston
oboé:	Boris Glouzman
clarinete I:	Vladimir Goltsman
clarinete II:	Alexandr Gurievich
fagote:	Pavel Getman
corne inglês:	Jane Zwerneman
trombeta:	Joe Dyke
trombone:	Loren Marsteller
piano:	Olena Getman
harpa:	Elena Mashkovtseva
perc. I:	Andrei Thernishev
perc. II:	Alan Silverstein

Artistas convidadas em Senza Mamma:
Paula Simmons / viola III e Renata Bratts / violoncelo II
Coro: Unidad Cristiana de México A.R.
e membros do coro da Orquestra da Baixa Califórnia
Actriz convidada: Laura Sosa
Execução *caracoles* e tambor tarahumara: Ana Luisa Solís

Técnicos de Gravação: Luis Gil e Sergio Ramírez
Assistente de Técnico de gravação: Luis Cortés
Assistente de Produção: Renata Ramos
Gravado em Tijuana B. C. no Outono de 1995

DANZONES

Liliana Felipe *autora e intérprete*

orquestra: Danzonera Dimas
maestro: Felipe Pérez
arranjos: Liliana Felipe e Dmitri Dudin

Amador Pérez:	saxo tenor
Félix Guillén:	saxo alto / clarinete 2
Andrés Martínez:	saxo alto / clarinete 1
Eloy López:	saxo alto / clarinete 3
Felipe Castillo:	trombeta 3
Pepe Millar:	trombeta 2
Abel García:	trombeta 1
Pedro Deheza:	trombone
Aurelio Galicia:	piano
David Pérez:	baixo
Hipólito González:	percussões
Paulino Rivero:	guiro

BURUNDANGA

cantora: Eugenia León
combo: La Rumbantela / *maestro*: Osmani Paredes

Técnico de Gravação: Luis Gil
Assistente de D. Fradera: Renata Ramos
Gravado nos estúdios «Pedro Infante» de Peerless e «El Cuarto
de Máquinas» na cidade do México durante o Outono de 1995.

Uma produção de Laura Esquivel realizada e dirigida
por Annette Fradera
MUSICOMEDIA S.C. / México fax: (525) 513 40 17

Agradecimentos: CECUT (Tijuana)

*Fragmento vocal da faixa 11 extraído de «Versos de Pastorela»[1] incluído no
fonograma «Tradiciones de la Laguna» editado pelo INAH
Investigação de campo, gravação e notas: Irene Vázquez Valle*
Transfer, *limpeza e edição: Guillermo Pous*

1. *Texto de «Versos de Pastorela»: «... Huélguense de ver al niño
y acabado de nacer...»*

Pós-produção e efeitos de som: Rogelio Villanueva

CONTEÚDO DO CD

1. Vogliatemi Bene (Dueto de amor) / frag.**   3.02
   M. Butterfly / G. Puccini (Casa Ricordi BMG S.p.A.)

2. Mala   3.27
   (Liliana Felipe / Ed. El Hábito)

3. Burundanga   2.14
   (O. Bouffartique / Emmi)

4. O Mio Babbino Caro*   2.33
   Gianni Schicchi / G. Puccini (Casa Ricordi BMG S.p.A.)

5. Nessun Dorma*   2.47
   Turandot / G. Puccini (Casa Ricordi BMG S.p.A.)

6. A Nadie   3.36
   (Liliana Felipe / Ed. El Hábito)

7. Senza Mamma (frag.)**   2.49
   Suor Angelica / G. Puccini (Casa Ricordi BMG S.p.A.)

8. San Miguel Arcángel   5.15
   (Liliana Felipe / Ed. El Hábito)

9. Tre sbirri. Una Carrozza. (frag.)*   3.42
   Tosca / G. Puccini (Casa Ricordi BMG S.p.A.)

10. A su Merced   6.26
    (Liliana Felipe / Ed. El Hábito)

11. Final**   2.13
    Final: «Saludo Caracoles» — Quetzalcoatl, 4 elementos
    Canto Cardenche; Versos de Pastorela (frag.)
    «Diecimila anni al nostro Imperatore!»
    (frag.) *Turandot* / G. Puccini (Casa Ricordi BMG S.p.A.)